图书在版编目（CIP）数据

35 岁前要有的 33 种能力 / 蒋敬祖，流川美加，朱玉红
编著.—沈阳：沈阳出版社,2009.3
ISBN 978-7-5441-3838-3

Ⅰ.3… Ⅱ.①蒋…②流…③朱… Ⅲ.成功心理学 –通
俗读物　Ⅳ.B848.4–49

中国版本图书馆CIP 数据核字（2009）第 023258 号

出 版 者：沈阳出版社
　　　　　　（地址：沈阳市沈河区南翰林路 10 号　邮编：110011）
印 刷 者：北京中印联印务有限公司
发 行 者：沈阳出版社
幅面尺寸：170mm×230mm
印　　张：14
字　　数：200 千字
出版时间：2009 年 5 月第 1 版
印刷时间：2009 年 5 月第 1 次印刷
责任编辑：李　峰　张　旭
特约编辑：邢立方
封面设计：含章行文工作室
责任校对：含　旭
责任监印：杨　旭
书　　号：ISBN 978-7-5441-3838-3
定　　价：22.00 元

[出版序]

出版序

连续三年名列台湾金石堂、诚品等各大书店榜畅销书排行榜前列,迄今已创下 50 万本的销售佳绩,已被译成日、韩等多国语言出版发行,创造了台湾出版的神奇——这就是《35×33》系列图书缔造的新的阅读奇迹。

面对新兴亚洲的快速崛起,中国大陆、中国台湾和日本顶尖作者——朱玉红(中国大陆)、蒋敬祖(中国台湾)和流川美加(日本)联手出击,共同创作此书。因此,在内容编辑与写作方式上的不同文化背景的结合,以及全球化的洞悉视觉,也更使此书具有前沿性和实用性,这或许正是本书疯狂畅销的重要因素。

对于刚刚踏出学校大门的大学生,这是一本难得的生涯规划书;对于已经工作但仍忙于生计奔波的上班族,这是一本珍贵的人生指导宝典;对于事业有成者,这又是最好的生活指导书。35 岁是人生的分水岭,有人在 35 岁已经赚到了人生的第一个 100 万,有的人却还徘徊在失业边缘。能力多大,成功的机会就有多大——本书将告诉你造成这一切的原因。

潜在的能力犹如一部万能的机器,书中列举的这 33 种看似简单却不易贯彻执行的能力,绝对是你开启成功人生的金钥。努力要有方向,能力必须开发。《35 岁前要有的 33 种能力》完全披露成功人士的成功奥秘,告诉你他们和平凡人的不同之处。拥有这份能力清单,让你从现在起转败为胜,做个成功的生活达人!

终于有幸获得本书简体版的出版权,相信这会给众多年轻人带来最佳的成功建议。

编者

[作者序]

你想什么，
就能得到什么！

人的一生究竟该具备多少种能力？

什么样的能力才能终身受用？

在 M 型社会的冲击下，不仅让大学刚毕业的年轻人找不到工作，甚至让 35 岁以上的在职朋友们人人自危。

最近在面试时常常遇到两种人，一种是刚毕业的社会新鲜人，一种是 35 岁以上在社会上摸爬滚打多年的人，但在经过仔细面谈之后，最后我都没有录用。

有人会问我为什么不给这些社会新鲜人机会，也许他们未来就是你公司最重要的资源，但我忍不住想问这些社会新鲜人，除了学历，你们还拥有什么优势？

而让我最不忍的就是那群 35 岁以上再来找工作的人，他们也许有妻小要养、房贷要缴，但却不幸面临中年失业或转业，而大部分这个年纪以上要再找工作的人，一定都有他们在职场竞争的弱势条件，他们如果没有在 35 岁以前通过在职进修多充实自我，几乎都丧失了职场的竞争力。这就是我为什么想要邀请流川美加和朱玉红一同编写《35×33：35 岁前要有

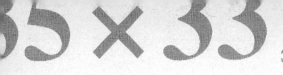
的 33 种能力》的主要原因。

我们在《35×33：35 岁前要有的 33 种能力》中列举了 33 个不同层次的能力，说实话要你在看完书就具备这些能力是不可能的，而要你同时具备这 33 种能力更是天方夜谭，那究竟读者在看这本书时要注意什么呢？简单来说就是要大家在 35 岁之前，利用各种方法训练自己拥有这些决定未来命运的 33 种能力，"能力越多，当然竞争力也就越大"！

柏拉图说过："人类具有天生的智慧，可以掌握的知识是无限的。"我们将这句话这样理解：如果将人的大脑能量比喻成一座冰山，那么浮出水面的一角就是已经被开发的，约占整体的 10%，而 90% 就是还隐藏在水面下的能力。可见人的潜在能力是十分巨大的，我们能做的比我们想到的要多得多。

我识出版集团自成立以来，能有今天这样的成绩，要感激许多人的帮助及读者的支持。而这五年来，我也始终深信"你想什么，就能得到什么"！当初谁也没想到《35×33：35 岁前要有的 33 件事》能掀起这样的阅读高潮，但就是凭借着我们对出版的热情，想要为台湾出版界留下只言片语，所以才能缔造《35×33》的奇迹。

这次再度邀请流川美加、朱玉红小姐共同创作。我们通过反复的讨论，一同为 35 岁前的年轻人应该具有的 33 种能力写下注脚。本书除了分享我创业来的些微人生历练外，也借由美加和玉红不同领域的眼光及柔性笔触为其多方定位及加温，期望能带给读者些微帮助。

2007 年中秋于台北

[作者序]

压力突破
便成了支撑

- -

在这么多次和我识出版集团的合作中，我们已经建立了良好的情感，因此这次在蒋敬祖先生的邀请下，再度参与了本书的制作。

但老实说，曾出版过本系列图书的我，对于要再撰写这本《35岁前要有的33种能力》，内心十分彷徨，因为我不知道是否还能有和前两本不同的经验可以和读者分享。

虽然惶恐，但在蒋敬祖先生和朱玉红小姐的反复沟通交流中，我释然了。因为我发现，人真的是蕴藏着无限的潜能，即使面对许多压力，但只要面对它、克服它之后，压力将不再是压力，反而能变成一种支撑。

同样是跨国界、跨领域的相互沟通，我们整理规划出33种人生应该拥有的能力。正如我们所秉持的理念：只要痛下决心成功绝对可以通过学习改变而来。不敢说具备这些能力就一定能在人生的道路上成功，但是我们相信，那些成功人士必定都拥有这些能力。所以您还在等什么呢？赶紧让自己拥有这些能力吧！

最后要感谢蒋敬祖先生和朱玉红小姐大方地分享经验，以及编辑群的通力合作，才能有这本书的诞生，当然也要感谢您的阅读，才让本书的出版更加有意义。

りゅうがわ み か
流川美加

2007.9.15 于东京

[作者序]

方法对了，
就能驾驭成功

人的潜能无穷，许多人究其一生都在激发自己的能力，期望能为自己带来成功。其实开发能力的本质就是要把你天生的智慧能量循序诱导出来，丰富你的知识体系，并掌握新的能力。所谓天才，无非就是对此有较早的发现，努力开发自己的潜在能力而已。任何一个平凡的人，也都有无限的可能，只要他的能力得到开发，不断训练，潜力就会破冰而出，涌现出来，就可以干出一番事业。

如果你的能力不能及时开发，不能及早使他们发挥作用，它们就会消退，越晚开发就越难开发，甚至永远都激发不出来了。而人类在步入壮年之后，大脑皮层组织的活动度就会下降，因此，抓住 35 岁前的黄金时期，对你的能力越早开发，那么成功的可能性才会越大。

成功的渴望与生俱来，自我实现的意向人人都有，因而古往今来，都能见到因发挥出巨大潜能而卓然不群的人物。如果你不安于现状，就要抛弃懒惰、自卑、不思进取，让自己勤奋起来，多一点信心，多一份毅力，使自己身上处于休眠状态的潜能开发出来，让冰山的全部都浮出水面，那么，你就可以创造出连自己都难以置信的成功。

因为潜在的能力犹如一部万能机器，只要学会操纵的方法，你便能驾驭它为成功服务。在本书中,我和蒋敬祖先生和流川美加小姐,通过 MSN、Skype 的频繁交流,拟定了三个阶段,33 种一生该要有的能力,期望能让身处亚洲的年轻一代从此正视自我。不管是未满 35 岁、正好 35 岁,还是年过 35 岁许久,都应该从现在起开始正视人生。

　　如果你不是那么成功,就从书中列出的能力入手去寻找,相信会找到正确的答案;然后以它为突破口,激发自己拥有这些能力,那么便能找到通向成功的捷径。

朱玉红

2007.9.1

[目录]CONTENTS

12 鉴赏力 /73

"心"经济时代已经来临,对美的要求已成为现代人的必修学分,而对美的定义不应只局限于视觉单方面,也应包含听觉的美。35 岁前你必须拥有对美的鉴赏力,放慢你的脚步,以用心、开心、关心,这三"心"去细细地感受生活,你将发现它不仅悄悄增加你的竞争力,更会改变你的人生。

13 成长力 /79

35 岁前的你必须不断地学习,让自我成长,才能跟得上时代的脚步。一旦你欠缺追求成长的企图心,将不见容于现代社会,成为边缘人。当然,"成长"也已不再是一般认知的那么表面,而是应该更加务实。只要追求成长的方向正确,就能让你的成功不再是梦。

第二部 决定事业成功的关键

14 即战力 /86

想成为企业争相邀聘的人才、做个人人称美的职场赢家就一定需要具备即战力,但即战力的养成却必须经过长时间的累积,就算你已具备本书所列举的几种能力,也不一定能满足所有企业的需求。

15 执行力 /92

一个计划最怕在执行的过程中偷斤减两,尤其是在遇到困难时,因此贯彻初衷的执行力更显得重要。坐而言不如起而行,忽视执行力的重要,往往会让梦想只是空想。

16 语言力 /98

跨语言与跨文化的能力是国际沟通的基本配备,更是国际竞争的必要条件。35 岁前,你应该让自己拥有语言力,而且光"好"已经不够,还必须"卓越"。如果你已经落人一步,更要加倍努力追上,因为若再迟疑,只会落后更多。

17 谈判说服力 /103

买东西杀价、向女友求爱、争取订单、要求加薪……不论是生活或商务,想要得到你想要的利益,都得经由"谈判"来"说服"他人!其中的游戏规则就是:在退一步的妥协中,得到进一步的利益共享。谈判无时无刻不在发生,所以35岁前的你更应该拥有谈判说服力。

18 协调力 /110

现在的M型职场中,"专业"必须被赋予新定义,因为讲求团队合作时代已经来临,唯有懂得团队合作的人才谈得上专业。对35岁的你而言,拥有成熟的协调力,才能真正让团队合作的效能加倍,以体谅包容的思维面对冲突、化解冲突并超越障碍,形成务实有用的力量。

19 领导力 /116

其实领导不仅是要懂得领导别人,更要懂得领导自己。一个具有领导力的人,往往比较容易在企业中获得晋升;就算自行创业当老板,也才能"以德服人",而不是用老板的头衔压人。拥有领导力,体会"领导"的丰富内涵,不仅能为自己的人生成功导航,也能使其他人在你的导航下找到出路。

20 借力的能力 /122

人并非万能,总会遇到"无力感"的时候。如果这时只知道埋着头苦干,而不懂去寻求外援,那么只会一头钻进死胡同。35岁前懂得借力,不管是待人接物、职场生存,都能让你在"借用"各种资源之中,达成自己完成不了或很难完成的目标。

21 反省力 /129

人与动物最大的不同,在于有独立思考的能力。人类因为反省而卓越,我们一定都听过"失败为成功之母",但失败之后并不会平白成功,而是在失败后能虚心反省,找出失败的真正原因,检讨改进再出发才能成功。

22 竞争力 /135

随着经济市场全球化的发展,高学历高失业的现象日趋严重。职场上,你所面对的将不再只是与你系出同门的同胞,还有其他海外白领人才的抢滩。这都是你将面对的潜在竞争者,他们正挑战着你的职场野心,如果你还不懂得强化你的竞争力，那么注定要被淘汰出局。

23 资源整合力 /140

在经济全球化的时代，你必须懂得将各项资源加以有效整合，才能形成你的核心优势，达到"1+1>2"的效果，这正是资源整合最关键的目的。有了资源整合力，便可以通过资源的有效运用，发挥整体效果，这不仅可以提升你的效率和竞争力，更能成功达到你渴望的目标。

第三部 左右人生方向的道路

24 创造力 /148

创意和创造力大部分是来自天生的，虽然可利用后天模仿来完成，但总还是会有力不从心的感觉。不过千万别因此而沮丧，因为如何创造自己的价值，是完全掌握在自己手中的。

25 应变力 /154

在这个瞬息万变的年代，面对变局时，唯有沉着应付、快速应变，才能在不确定的状态下，马上抓到重点，做出正确决定。正如《谁动了我的奶酪》一书中所提到，在面对工作、生活的变化时，你所采取的应变反应，将左右你往后的人生。

26 人际交往力 /159

俗话说，"生时靠人带，死时靠人拜。"人际关系的重要再简单不过。在这个人脉等于钱脉的时代，无论你是已经在社会上摸爬滚打许久，或者是刚入社会的新鲜人，拥有人际交往力，懂得人脉的经营，绝对是你平步青云、累积资产的最佳秘诀！

27 情绪管理力 /166

19 世纪的黑死病是"肺结核"，而 20 世纪的黑死病是"癌症"，那么什么是 21 世纪的黑死病？答案是"忧郁症"。如果你每天都是选择过得沮丧、难过或不平，那当然也不会有彩色、美好的人生。

28　冒险力 /172

美国天普大学心理学家法兰克·法利推崇那些喜欢冒险的人是惊险的探索者,富有创造力及可塑性,并且懂于创造自己的生活。向危险学习是未来领袖的必经训练,它可说是一切成功的前提,没有冒险就没有成功。

29　企划力 /179

创意和企划的产生其实是不太相同的,简单来说,创意比较像是无中生有,有时候需要的是天赋,而企划重视的是分析现有的状况和条件,是可靠后天努力来完成。

30　适应力 /184

"适者生存,不适者淘汰"是大自然筛选强者的自然法则,即由淘汰他人来延续自己生存的时间,由不断适应新环境来强化自己的竞争力,虽然残忍,但却千古不变。

31　沟通力 /190

随着资历的累积,不同的人生阶段,会碰到不同的沟通问题。35岁前你必须学会拥有好的沟通力,它并不是学问,也不是知识,而是一种习惯,只要练习就学得会。最简单的沟通就是将自己要表达的意思说清楚,也要能听清楚别人所要表达的意思,至于要如何提升自己的道行,就得靠不停地练习了。

32　理财力 /196

老一辈人说富不过三代,但现在穷可能要连穷十代,其实不管是富三代或穷十代,想要扭转命运,唯有通过"理财"。这年头,你不理财,财是绝对不会理你的。

33　逆境对抗力 /203

人难免会碰到逆境挫折,其实每个逆境,也都含着等值或更有价值的种子。只要懂得运用智慧技巧来转化逆境,才能提升自我生命力。35岁前你必须让自己拥有对抗逆境的能力,因为只有那些面对逆境还能不断自我启发而成长的人,才会品尝到最甘美的胜利果实。

第一部
激发内在的潜藏能量

柏拉图说:"人类具有天生的智慧,

可以掌握的知识是无限的。"

同样的,你也拥有无限的潜能,

只是大多数人不知怎么去激发它。

只要你拥有学习力、忍耐力、

爱的能力、专注力、直觉力等

13 种能力中的任何一种

就得以让你内在的潜藏能量萌芽,

拥有的能力越多,能量也就会越积越多,

自然就能受用一生!

第一部　激发内在的潜藏能量

01 学习力

这个竞争激烈的社会,学历仅能代表过去,只有学习力才能代表你的将来。在 M 型社会之下你更要拥有"学习力",因为这将是你一辈子的竞争力,也是自我成长的最好方法。

简而言之,学习力就是学习的动力、毅力和能力的综合体现,即学习力=动力+毅力+能力。

我从来不认为人与人的智商会相差很多,要说存在差异,也只是存在学习力上的差异。曾有人放言:"未来的文盲就是那些没有学会怎样学习的人。"我认为这绝不是在危言耸听。

那么,什么是学习力呢?

简而言之,学习力就是学习的动力、毅力和能力的综合体现,列成公式就是,学习力=动力+毅力+能力。

◎学习力掌握未来

没有学习力就不可能有创造力，创造力的枯竭也就是意味生命力的枯竭。就这一点来说，"人才"是一个动态的概念，它不是一成不变的，不是永恒的。它需要不断地 update，不断地发展，**也只有学习力不断地加强，不断地提高，才能保证你的竞争力**。我还记得，在学校毕业时，老师直视着坐在台下的我们说：从你们踏出校门的那一天起，所学的知识已经有一半老化掉了。知识老化的速度和世界变化的速度一样，而且会越来越快。所以，你们若想让明天的自己依然具有竞争力，就一定要持续地学习。如果你的学习力每况愈下，那你很可能从一个"人才"变成企业乃至社会的"包袱"。所以，只有学习力才真正可以掌握将来。

美国素有"先有哈佛，后有美利坚"的说法，这不仅因哈佛建校早，更是因为哈佛特别强调个人的创造力，**而学习力是创造力的根本**，因此，哈佛才将使学生具备终生受益的学习力当做最终目标。七位美国总统、三分之一的世界 500 强企业总裁曾是哈佛人，光凭这点，就知道哈佛的教学理念是正确的。

当然，在目前日新月异的时代，35 岁前的你如果不重视学习和学习力，再高的学历也将被社会所淘汰。因为，学历代表过去的学习经验和知识，并不完全代表一个人的能力和水准，更不代表一个人的未来和全部。我们要尊重知识、尊重人才，尊重有学历的人，但不要迷信学历，特别是高学历的自己，要知道学无止境和天外有天。学历低的也没有必要妄自菲薄。

◎学习力将是你一辈子的竞争力

在 M 型社会的冲击下，不仅让大学刚毕业的年轻人找不到工作，甚至让 35 岁以上的在职朋友们人人自危。

最近在面试时常常遇到两种人，一种是刚毕业的社会新鲜人，一种是 35 岁以上在社会上摸爬滚打多年的人，但在经过仔细面谈之后，最后我都没有录用。

有人会问我为什么不给这些社会新鲜人机会，也许他们未来就是你公司最重要的资源，但我忍不住想问这些社会新鲜人，除了学历，你们还具备了什么优势？

而让我最不忍的就是那群 35 岁以上再来找工作的人，他们也许有妻小要养、房贷要缴，但却不幸面临中年失业或转业，而大部分这个年纪以上要再找工作的人，一定都有他们在职场竞争的弱势条件，他们如果没有在 35 岁以前通过在职进修多充实自我，几乎都丧失了职场的竞争力。

在这个竞争激烈的社会，**学历仅能代表过去，只有学习力才能代表你的将来**。在 M 型社会之下你更要拥有"学习力"，因为这将是你一辈子的竞争力，也是自我成长的最好方法。

◎学习的来的知识经验都是你的财富

管理学之父彼得·杜拉克即使在晚年仍比许多 25 岁的年轻人活跃，

作为世界 500 强的大企业,如 SONY、通用汽车公司、奇异电子总裁的特别顾问,他经常周游世界,此外,他还写书,而且大多数都是畅销书。尽管很忙,他每天仍然挤出 3~5 个小时读书,涉猎的领域极广。这是他年轻时养成的习惯。"每隔几年,我就选择一个新的主攻课题,每日攻读,连续 3 年。"杜拉克率直地说:"那样虽不能使我成为专家,可是足以使我了解那个领域中最基本的部分。我这么做已经 60 年了。"

只要简单地思考一下,我们就知道杜拉克为什么能在 20 个不同领域都拥有极渊博的知识。杜拉克是"知识工人"的缩影,他用这个词创造性地描述了新经济中最有价值的资源——脑力资源。

"你的知识和你的经验都是你的新财富。"杜拉克解释道,"那些属于你但不属于你的公司,当你离开之后,你就带走了那份财富。"

"我们在这个新知识经济时代,假如你没有学会如何学习,你就会举步维艰。**懂得如何学习,一半要靠好奇心,另一半则靠自律。**"杜拉克的一生证明,保持学习的自律,在资讯时代将会得到最好的回馈。

当然,社会的需求也在不断地变化。不能说学什么做什么,而要看到趋势,然后提前学习。现在的优势不代表将来的趋势,现在的流行也不代表将来的趋势,**精明的人算得准,聪明的人看得懂,只有高明的人才能看得远。**高手下棋也是多看三五步,那么,我们也要多多培养自己的眼光,多向业内的高手学习。要放开胸襟学习,放下身段学习。不跟最好的学习,当然没有办法超越最好的。任何的创新都要先模仿,站在巨人的肩膀上才能看得更远,走得更远。

那么,如何提高学习力呢?

第一,要具备读有字之书的能力,要善于阅读书本。有字之书,是我们平常说的用文字记载的知识。书是人类进步的阶梯，书本上记载着人类丰富的历史经验，认真学习书本知识，可以使我们少走弯路。要在阅读有字之书的过程中，能够准确理解所阅读材料的内容，了解其内涵，把握其真谛、精髓、实质，这是提高学习能力的前提。

第二，要具备读无字之书的能力，在实践中学习。无字之书主要指实践。实践是学习的重要内容，也是学习的重要途径。有字之书要读，善于学习前人的经验。无字之书更要读，善于学习今人的经验，一要自觉地向实践学习，自觉了解实践，尊重实践，总结实践，从实践中获得真知。二要自觉地学习他人的经验。善于运用"他山之石以攻玉"。

第三，要在读书的过程中，打造钻进去、跳出来的能力。一方面要专心致志，用功夫去阅读书本知识，寻求"真知"。学习要切实地深入进去，甘心在浩瀚的知识海洋里徜徉，并能够去伪存真，真正消化吸收，变"他知"为"我知"。要在学习掌握丰富知识的基础上，善于通过外部特征和表面联系，挖掘反映物件的本质，乃至形成自己的理性认识。另一方面要在了解、读懂的基础上，能够跳出书本，把所学的知识运用到具体的实际工作中去。另外，要善于理论创新。在运用所学知识指导实践的同时，善于做"结合"的应用。运用所学知识不是照抄照搬，须具体问题具体分析，具体把握，灵活运用，并从中不断总结新经验，进行理论创新，形成新的理论，不断丰富知识体系，从而不断使自身的工作得以提高和升华。

第四，边学习边运用。学习运用与运用学习则是最为重要的学习能力。学习以及提高学习能力，重要的在于理论与实际的融会贯通，学以致用和用中学。当前，最重要的是以满足公司最迫切的需求，按照"要什么、学什么，缺什么、补什么"的原则，着眼于新的实践和发展，确实解决本单位、本部门存在的实际问题。这样，才能学得生动、学得深入、学得有效。

学习已不是一个人一生中某阶段的事,而是一种社会化、制度化和终生化的行为,是现代社会每个人成长进步的客观需要,不实现知识的不断更新,就必然落后于时代前进的步伐。就某种意义上说,学习力已经是一个人基本的生存方式。

其实,早在上个世纪 90 年代,就有这样一个说法:终身学习。那是因为当时的世界变得太快了。现在想想那个时候,几乎是一刹那间,柏林墙倒了,东西沟通了,要了解和学习的东西一下子堆放到人们面前,所以人们学习的动力被时代激发了起来,空前高涨。

同样,21 世纪最优秀的能力依然是学习力。谁学得快,谁就占领制高点。

35 岁前的你,准备好了吗?

第一部　激发内在的潜藏能量

02忍耐力

人常常会逞一时之快，说出或做出让自己后悔的事情，"小不忍则乱大谋"是我们在社会上最常被规劝的一句话。

"忍一时风平浪静,退一步海阔天空。"人生本就应该自然豁达,但是总会遇到忍无可忍的时候,忍耐并不是一味地逆来顺受,而是该用智慧与修养来处理面对,真正的容忍谅解,忍出耐心。

三国时的诸葛亮辅佐刘备,立志要收复中原。他多次亲自率兵攻打司马懿。但是司马懿就是不肯出来应战。诸葛亮用尽手段来羞辱司马懿,司马懿就是置之不理。诸葛亮六出祁山,每次都是被司马懿拖到粮食吃完,不得不无功而返地退兵回蜀。所以唐朝诗人杜甫都为诸葛亮惋惜说:"出师未捷身先死,常使英雄泪满襟"。

司马懿能忍,所以才没有被诸葛亮打败。但在三国故事中,还有一则与此截然不同的故事。

当时刘备在闻知关羽被吕蒙所杀的凶讯后，急火攻心，不顾大局，尽起蜀国七十余万大军，欲杀奔东吴复仇。大将赵云谏阻，刘备不听；学士秦宓苦谏，刘备欲将其斩首。诸葛亮闻知，即上表救秦宓，并对刘备苦苦相劝。但一向对诸葛亮言听计从的刘备，这回却掷表于地，说："朕意已决，无得再谏！"刘备这一举，是蜀国从蒸蒸日上走向衰落的开始，也是蜀吴联手抗魏大局被破坏，最终被魏国各个击破的开始。虽此后还有诸葛亮的惨淡经营，苦苦支撑，但终究回天乏术，蜀国从此走向灭亡。

在这个社会，有多少人像刘备一样，不懂得用理智的缰绳控制情绪的野马，只凭一时冲动，意气行事，招致许多惨重的损失。翻开报纸的社会新闻，不时可见青少年斗殴的事件，起因往往可能只是等红绿灯时，前车不小心挡到后车之类的小事，结果双方一言不和就发生打斗冲突；要不然就是在 KTV 相遇，不小心互看一眼，就酿成枪击的场面。

◎小不忍则乱大谋

人常常会逞一时之快，说出或做出让自己后悔的事情，"小不忍则乱大谋"是我们在社会上最常被规劝的一句话。**忍，乃是一种大智慧。因此，当有事时，千万要稳健，不要逞一时之快，而坏了大计。**

35 岁前的年轻人，还是血气方刚，往往容易因一些芝麻小事，就动辄失去理智，此时拥有忍耐力就显得异常重要。因为在这个社会，难免会遇到不顺心的事，或被羞辱，或被误解，自尊心受到强烈的挑战。

面对这种状况不外两种处置方法：一是针锋相对，坚决反击；二是以退为进，强忍自安。而事实往往证明，针锋相对，硬碰硬，到头来受伤的可

能还是自己。有时候，能忍恰恰是强者。这里所说的"忍"，**是指为了大局、为了长远利益而把他人强加给自己的痛苦、怨愤强咽下去，不予反击，求得息事宁人的一种处事方法。**有句俗话说："百忍成金"，它从某种意义上道出了"忍"的意义和价值。

首先，"忍"有助于缓解矛盾冲突。在和别人发生矛盾时，只要有一方采取"忍"的姿态，主动放弃对抗，就会使矛盾失去继续激化的可能，从而使矛盾趋于缓解。

其次，"忍"能导致问题的"冷处理"。在矛盾状态下，双方头脑发热，不够理智，很难做出正确的判断。而一方的"忍"就会使双方脱离接触，获得冷静理智处理矛盾的机会。

最后，从长远来看，"忍"还有助于成就大事。事有大局与局部、长远利益与眼前利益之分。当眼前冲突有碍大局和长远利益时，"忍"的态度就成为顾大局的最佳选择。成大器者往往能权衡利弊，决不会因小而失大。

从某种意义上说，忍耐是保全人生的一种谋略，忍耐是一种弹性的前进策略，有时"以退为进"也可以是一种很好的攻击，就像战争中的防御和后退就是迎取胜利的一种必要准备。

不过，一般人常劝别人或自己：要忍！要忍！！要忍！！！结果却可能只是憋了一肚子气，伤身也伤心，最后一不小心爆发起来，不仅前功尽弃，甚至犹有过之。究竟何为真正的忍，恐怕连自以为清楚者也未必明白。

苏东坡因脾气躁，不见容当道，乃一路贬官，终郁死途中（江苏常州）。吴三桂冲冠一怒为红颜，引清兵入关，虽被封王，终遭削蕃。有人以为：若能忍，历史或会改观。但是，最可能的结果：苏东坡憋气夭亡于京，宋朝仍旧偏安；吴三桂怒爆心脉暴死，清军照样入关。

所以我认为：**有气理当发泄，不该憋住；真正的忍，乃修心养性，根本不动气**。然而，人皆有七情六欲，要做到完全不动气，着实难如登天。

因此，在跌宕起伏的人生中如何才能做到真"忍"呢？

◎提高自己的思想境界

"忍"首先是一个思想修养的问题。能"忍"的人通常为人豁达、待人宽厚、品德高尚、有远大理想。他们不会太过计较私利、个人面子，遇事能着眼大局、着眼团结。由于有这样的思想基础，所以对小是小非能忍让，表现出大度胸怀、宽容态度和坚韧品格。

美国 BVC 公司总裁乔治·豪普常跟同事分享一个故事：有位初次出海的年轻水手，在船遇上大风暴时，受命爬上高处去调整风帆使它顺应风向，但是在他向上爬的时候，犯了一个错误——低头向下看，颠簸摇晃的船和波涛汹涌的海浪使他非常恐惧，让他开始失去平衡。此时，一位有经验的老水手在下面向他大喊："向上看！孩子，向上看！"年轻水手照老水手的话做了之后，又重新获得平衡，完成他的任务。

人生道路中，难免会有看起来很糟糕的时候，这时候，你应该看看是否站错了方向。当你面对着太阳，就不会看见阴影；向后看只会使你丧失信心，唯有向前看才会使你充满自信。当前景不太光明时，不妨试着向上、往更远的地方看去。

大多数人在做决定时，都只考虑眼前而不考虑未来；结果快乐没得到,却得到痛苦。事实上,在人世间想达成一切有意义的事,就必须忍受一时的痛苦。你必须熬过眼前的恐怖和引诱,按照自己的价值观或标准把目光放在未来。

◎驾驭自己,做情绪的主人

"忍"是对自我感情的约束、抑制,是种理智的行为。能"忍"者需要有很强的自制力,尤其是要善于制怒。从心理学的角度看,**"忍"的过程即是意志力发挥作用的过程。**能不能"忍",关键看自己意志力的强弱。

我有个朋友小胖在某家广告公司服务 10 多年,由于刚进公司时,还很年轻气盛,所以就得罪了经理。于是,在以后的日子,每次只要开会,他自然而然成为会议的首要例行公事——先挨批再说。

被批得灰头土脸的他,当时只想着拍拍屁股,一走了之。在一次聚会中,他和我聊起这个状况,并在酒酣耳热时痛骂他的主管。那时,我就劝他要懂得"忍",因为如果真的走了,不仅罪名洗不清,还会被贴上不敬业的标签。再说,这是一家蛮有名的广告公司,他大可不必在意别人的眼光,自己从中不断地汲取公司的养分,自我"充电"才是要紧之事。

还好,他听了劝,"忍"了下来。整理好那些乱七八糟的心情,埋头苦干,以兢兢业业的工作态度为自己疗伤,以实实在在的业绩来回击旁人的无稽之谈。杰出的业务表现,增添了他的信心,也让他累积了许多经验财富,更让他在几年前就爬到经理的头上,成为公司的创意总监。

世界就是那么大,你可以只拥有头顶上的一小片天,也可以拥有整个宇宙,全看你怎么看待这个世界。

◎怀着宽容的心

你的眼睛里容不下一粒沙子，但心灵却可以容下一座大山，容下五湖四海。宽容可以避免误解，谅解更是摆脱误会的最好方式。宽容和谅解是一种态度，一种方式，一种品格，也是一种境界。要达到这种境界，不是想到、说到就能做到，它需要生活的磨炼、理性的修养和心灵的升华。

在四川青城山，有副很有名的对联："事在人为，休言万般皆是命；境由心造，退后一步自然宽。"自古以来，宽厚的品德、宽容的性格就为世人所称颂，心胸狭窄则被认为是种缺陷。

这使我想起一则笑话。歌德有一天到公园散步，迎面走来一个曾对他提出尖锐批评的评论家。

这位评论家站在歌德面前高喊："我从不给傻子让路！"

歌德却答道："我正好相反！"一边说，一边满面笑容地让路。

有容乃大，正是最珍贵的人性品格，也是成功者必须拥有的一种人格。宽容便是以宽阔的胸襟容纳各种智慧，歌德的一笑了之避免了一场无谓争吵。而你只要拥有歌德这样的"一笑"，就可以避免各种矛盾冲突，也可以消除自己的恼和怒。从某种意义上说，它既可以使自己摆脱尴尬难堪的局面，又能显示出自己的心胸和气量。

"忍一时风平浪静，退一步海阔天空。"人生本就应该自然豁达，但是总会遇到忍无可忍的时候，忍耐并不是一味地逆来顺受，而是该用智慧与

修养来处理面对,真正的容忍谅解,忍出耐心。

　　35 岁前的你不仅要学会拥有忍耐力,更要明白忍耐不是停止,不是逃避,不是无为,而是守弱、蓄积、迂回前进。当命运陷入无可掌控之时,就要心平气和地接纳这种弱势,坚强地安于弱者的地位,在守弱的基础上累积实力,一点点发愤图强,使自己慢慢脱离弱者的不利地位,最后才能适时出击,争取赢得新的成功机会。

第一部　激发内在的潜藏能量

03 爱的能力

爱就像是照镜子一样，你给它什么，它就出现什么。唯有在付出与接受中，爱才能真正显现出它的价值与珍贵。因此，在 35 岁前你一定要学会爱人与被爱。爱首先要从爱自己开始，因为一个不懂得爱自己，享受生活的人，又怎能懂得珍惜生活、享受生活，又怎能懂得爱别人呢！

不知你是否听过这句话，"**人如果没有爱，那么即使活在这个世界上，也无法体悟到生命的美好。**"的确，这个世间正是因为有爱，才有了父母亲情，有甜美爱恋，有人与人之间的信任。

爱的定义似乎千万种。但它其实就是无条件的接受，也是无条件的付出。它是对善的追求，能使人摆脱恐惧。有爱就能心生和谐，爱是自然无价的，它不是理论，也没有要求；既无分别，也无需衡量。爱是单纯的感情，无价的温馨。找出恐惧生长的地方，用爱去松动它四周的土壤，然后播下自尊的种子，你便会成为顶天立地的人。

当我和流川美加谈到"爱"这个话题时，她显得感受特别深，我们针对

这个话题在 MSN 中聊了一整晚。她曾因为爱人而感到满足，也曾因为爱人而伤感惆怅，而到现在我还一直记得她说的一句话：**"爱，可说是人类与生俱来的本能，所以它并没有年龄的限制，更是任何时刻都应该拥有。但如果你在 35 岁前还不懂得怎么爱，那么我可以说，你还不懂得怎样做人。"**因为，人最不可以缺少的就是爱的能力，而这正是 35 岁前的你所必须具备的第一种能力。美加指的就是和他人建立亲密关系的能力，这包括了对爱的感知、认知及接受能力；也就是能够准确的了解、感悟、体会对方对自己爱的表达，并能够很好地回应对方。

爱，和空气、阳光、水一样，如果没有它，人类也就无法存活下去。我无法想象，在一个没有爱的环境中，人要怎么走下去。轮椅天使余秀芷就说过，无论是什么类别的残缺，总是有办法让自己生活下去，我最不愿意选择的，不是坐在轮椅上，而是"失去爱的能力"。

◎你要懂得去爱人

我曾经在报纸看过一篇报导，有对年迈的夫妻，晚年丧子，丈夫又重病瘫痪在床，大小便失禁，生活不能自理。如此贫病交加，孤苦无依，可谓困难至极。但是七十多岁的老奶奶仍然不屈不挠，靠着捡破烂和邻居的接济度过风烛残年，直至生命的最后，始终细心照料丈夫，不离不弃，对他们来说，生活虽然艰难，但并不因此失去爱的能力。

平常我也很喜欢看日本的综艺节目，因为他们懂得捕捉人性，进而将其发扬光大。记得有个节目叫做《幸福家庭计划》，在节目中常可以看到身为一家之主的父亲，竭尽全力地为了达成全家的梦想愿望而努力；也看到了家人之间，因为有爱，而懂得发挥支持、鼓舞的力量，合力完成全家共同的梦想。

以上种种，皆是因为他们心中存有爱人之心，进而努力进取，把爱的能力发扬光大。人一旦失去爱的支撑，那么就像冷却的心一样，没有温暖，觉得世界与自己有了隔阂，失去走下去的动力；没有了爱人的能力，就容易在心中产生怨恨，自私地认为世界该以自己为中心，即使获得再多的爱，依旧无法满足，生活容易陷入疲惫，永远在试图填补心中那股莫名的空缺感。

我们现在所处的是一个贫富不均的 M 型社会，大部分人都离 M 型好的那一端有段距离，因此生活难免就会有点艰难。而我们在为生活奋斗的同时，我们的梦想也在接受现实的考验和打击，可能有很多人会因为这样的打击而跌倒，不愿爬起来，甚至自怨自艾，失去对生活的信心。此时，请记得雕塑大师罗丹说过的一句话，**世间的活动，缺点虽多，但仍然是美好的。**

因为人生总是在得与失，苦与乐之间不断轮回徘徊，而正是因为有爱，你才会在一切失去时，依然在内心保有那一份希望。生活并不是一种负担，无论成败得失，无论悲喜哀乐，无论精彩平淡，无论贫富骄奢，只有挚爱生活才能享受其中乐趣，我们拥有的是过程的精彩而不是结果的短暂。毕竟青春不会永驻，漂亮、狂喜和生命，总有一天会消逝，而爱却是永恒的。

如果你之前不懂得爱，那么从现在起，你更要懂得学习去爱。

◎爱像面镜子，你给它什么，它就出现什么

爱本身没有大小之分，无论多少都是同等伟大，只要能真心献出爱的灵魂，大爱、小爱都是美丽可爱，值得人们称颂的！

有个小男孩因为受到母亲责骂，一时气愤地跑到山谷里大喊："我恨你，我恨你……"怎知山那头传来回音："我恨你，我恨你……"小孩很害怕，便赶紧跑回家对母亲说，山谷有个很坏的小孩说他恨他。母亲听后，就带着他再回到山谷，并要他喊："我爱你，我爱你……"小孩照着做了，这次他却发现，有一个很好的小孩在对他说："我爱你……"

爱就是这样的平等、相互。就像是照镜子一样，你给它什么，它就出现什么；就像一种回声，你送出什么它就送回什么，你播种什么就收获什么，你给予什么就得到什么。你想要别人是你的朋友，首先你就得是别人的朋友。心要靠心来交换，感情只能用感情来博取。

"爱人者，人恒爱之。"唯有在付出与接受中，才能真正显现出它的光芒与珍贵，因此在 35 岁前你一定要学会爱人与被爱。爱首先要从爱自己开始，因为一个不懂得爱自己，不懂得享受生活的人，又怎能懂得珍惜生活、享受生活，又怎能懂得爱别人呢！

你是一个心中有爱的人吗？如果不是，那么请赶紧在 35 岁前学着去拥有它吧！因为：

爱，是学会信任的能力。信任是人与人交往的基础，你是否信任你的朋友，信任你的爱。信任就是一种爱，因为爱不是完全的占有和猜疑，爱是

需要放开手放轻松,信任身边的人。

爱,是适时感动的能力。在日益繁忙的都市,在每天强大的工作压力面前,你有多久没有感动了呢？你是不是已经忽略了在家等待你的父母,忘记了你偶尔的一个拥抱所带给他们的快乐了呢？你是否还会因家人为你做一桌可口的饭菜而觉得满意并感动了呢?感动是一种对生活的敏感,对爱的珍惜,你有吗?

爱,是把握付出和索取比例的能力。爱是付出,也是索取。一个患重病的妻子,她的丈夫却仍然坚持吃妻子做的饭。他说,我必须要让我爱的人知道我需要她,这样她才更有坚持下去的动力。爱很多时候不光是一味的付出,因为索取,让你爱的人知道,他是被需要的,懂得爱,就要懂得把握付出和索取的尺度。

爱,是发现细节的能力。生活就是一源泉水,每一滴水都是用爱在积累。生活中最令我们感动的往往是细节,很小的细节却是给予亲人爱人最好的回报。你的一通电话可以让父母高兴半天,你为爱人买的贴心礼物能让你们的感情更甜蜜,给朋友的关心和问候让一切看起来都那么美好。记住,生活源于细节,做一个懂爱的人就要懂得用心生活。

爱,是能让自己一个人的时候也可以很快乐的能力。人的一生,总有那么多的时候是孤单无助的,我们经历的坎坷,也总有那么一些是需要我们独立去面对的。爱的能力,不光是爱别人,给别人快乐的能力,也是在自己沮丧的时候懂得自我安慰,懂得让自己一个人的时候,也能享受一个人潇洒和快乐。

爱,是对曾经所爱不会怨恨的能力。记住,所有你生命中走过的人都是教你学会爱的天使,你们也许无缘在一起,无缘一生一世,可是就是那个人让你懂得了爱，懂得了给予和付出。没有人不希望幸福美满，可是人生总遇挫折无奈，所以对从前有一颗宽容的心，宽容曾经的他或她，也宽容曾经的自己，对生活不怨恨才是爱的一种境界。

爱，是有选择性遗忘的能力。心灵是一个空间，可以很宽广，也可以很狭窄。它无法承受太多的悲伤沉重，太多不快乐的记忆。人生是一次旅行，下一站是什么风景没有人预知，忘记吧，选择性忘记那些心底的痛，让更多的心灵空间承载未来的快乐，懂爱，就可以做到。

爱，是敢于甘苦共享的能力。"甘瓜苦蒂，天下物无完美"只有爱才是完美的。不问苦乐，不问得失，不计成败，尽你的心去爱，除真挚的心灵外，再也没有更高贵的仪容。人生总有一些人，与你一起经历风雨，一起享受风雨之后的阳光，还有什么比这更幸福呢？无论快乐的时候还是悲伤的时候，都记得与人共享。

努力把爱存在心中，温存将永远相伴，生活更美满！

世界因为有爱而变得美丽，生活因为有爱而变得精彩，用心去生活，全心去爱生活的点点滴滴，生活会让你天天快乐。爱本身就是一种快乐，只有从现在就去懂得爱，拥有爱，你才能真正享受人生！

35×3

4 专注力

专注可说是成功背后的无名英雄,也是所有成功人士的共同特征。长辈常训戒我们"滚石不生苔",也就是希望我们专心地去做一件事,不要想东想西,但这么简单的一个道理,往往一般人就是做不到。在竞争激烈的环境中,该如何脱颖而出,往往就取决于一个人的"专注力",有时候不要去想将来该怎么做,只要专注做好当下的事,你就能成为佼佼者。

德国气象学家魏格纳说过,一个人不可能同时骑两匹马,骑上这匹,就得丢掉那匹。所以聪明人会把一切分散精力的要求置之度外,只专心去做一件事,并把它做好。

你认为自己的专注程度如何呢?你会花许多工夫在小事上吗?你是否用很多时间在关注短处,而忘了发展长处?那些不是很重要的事是否消耗你大部分时间? 如果是,你可能就错过了真正的重点。

35×3

◎不要做贪心的兔子

　　记得在我当兵刚退伍时，由于我是主修电脑，这在那个年代相当热门，几乎只要一退伍就有工作在等了。但我真的很不想做这个行业，因为我从小就很想从事广告企划的工作，而广告并非我所学，因此经历了三个月到处碰壁的日子，当时心情沮丧到想干脆去科学园区算了。后来好不容易找到一个月薪 16000 台币，每天工作 16 小时的企划助理工作，但是才做不到一个月，我就后悔了。看到一起从学校毕业的同学不仅薪水高、工作时间也没有我长，那种内心的煎熬真的不是外人所能体会。直到后来听一位前辈如此告诉我：**"工作时，绝对不能'吃碗内、看碗外'！要记得——'专注'，才是成功的秘诀！"** 而我也因为这句话改变了我的一生。

　　的确，人必须两只眼睛都"专注"、"心无旁骛"地努力学习！也必须了解自己"有什么""没有什么"？"懂什么""不懂什么"？毕竟一个人，不可能精通所有事物，因为"样样通，代表的就是样样松"。

　　让我以一则寓言故事与你分享。有只兔子，天生就很会"跳跃"。一直以来，它也为拥有"跳远第一名"的荣耀而感到无比自豪和光荣。一天，森林的国王为了提倡全民运动，宣布要举办运动大会。

　　于是，兔子报名参加了"跳远"。果然它击败了鸡、鸭、鹅、小狗、小猪等动物，再次得到"跳远金牌"。

　　后来，有只老猎犬告诉兔子："兔子啊！其实你的资质很好，体力也很棒，只得到一项跳远金牌，实在很可惜；我觉得，只要你好好努力练习，你还可以得到更多的金牌啊！"

"真的吗？你觉得我真的可以？"兔子似乎受宠若惊。

"没错啊，只要你好好跟我学，我可以教你百米赛跑、游泳、举重、跳高、推铅球、马拉松……你一定没问题的。"老猎犬说。

在老猎犬的怂恿下，兔子开始每天练习"跑百米"，早晚也跳下水"游泳"，游累了，又上岸，开始"练举重"；隔天，跑完百米，赶快再"练跳高"，甚至撑着杆子不断往前冲，也想在"撑杆跳"中夺魁；接着，又推铅球，也跑马拉松……

很快的，第二届运动大会兔子报名参加了很多项目，可是它跑百米、游泳、举重、跳高、推铅球、马拉松……没有一项入围，最后连以前它最拿手的"跳远"，成绩也退步了，初赛就被淘汰。

其实，兔子"跳远第一名"，就是专注在跳远领域的"成就"，何必一定还要去跑百米、游泳、跳高、举重、推铅球、跑马拉松……贪心地什么都要拿第一名呢？

只有我们双眼专注于自己"懂什么"的专长时，才会像原本的兔子一样，拥有获得"跳远金牌"的自豪和喜悦。

相信你也一定有过这种体验，在做喜欢做的事情时，不管外界有什么干扰，你都可以充耳不闻，专心一意地把它一口气做完。我小时候，妈妈就常跟我说，如果我能把打电动的专注度，拿来读书的话，那都不知道可以抱回来几个第一名了。

所以，你专心吗？你执著吗？且让我们记得——必须多专心且"学习专心"！

但是,请记得不要受到自己和他人的不良暗示。像我在参加儿子的学校恳亲会时,常会碰到某些家长对老师说:我的孩子专注力不够,常常会分散注意力;甚至周遭的朋友也跟我抱怨过他们注意力不集中的问题。你千万不要也这样认为,因为这种状态是可以改变的,如果你一旦在心中对自己暗示它是,那它可能就会成为事实。

你的选择,完全取决于心理的价值认定,并伴随专注力与意志力的辅助。只有对于我们有益的思维,才是需要重视并实践的。

同样的,在职场,拥有专注力,能够让你比别人多出优势。因为你能比别人花更少的时间,完成更多的事情。在老板的眼中,你就能被赋予更大的责任,而升迁的管道自然就比别人畅通。

◎专注的职棒球星

我热爱棒球,不管是美国大联盟、日本职棒、还是本地区的台湾职棒,几乎是有球必看。对我来说,职棒选手就是专注的代名词,因为他们都是把所有的精力都放在投球、传球、打击、跑垒,这些外人看似枯燥乏味的几个动作,他们可是专注地练了一辈子,也就是这些动作让他们赢得百万,甚至上亿的身价。

在这些职棒球星中,我最佩服的是,曾荣获美国大联盟 8 届打击王头衔的圣地亚哥教士队球星汤尼·古温 (Tony Gwynn)。1981 年大学毕业,棒、篮双栖的古温,婉拒当时仍在圣地亚哥的 NBA 快艇队,选择棒球加入教士队。在小联盟迅速连升三级的他,隔年立即登上大联盟舞台,而且,教士队球衣一穿就是 20 年,终身不曾转队。

从 1983 年开始直到退休,古温的打击率从不曾低于三成。8 届打击王、5 座外野金手套奖、319 次盗垒成功,证明他是个攻守俱佳的全能球员;15 度参加明星赛,12 次由球迷票选为国联明星队先发,更是替积弱不振的圣地亚哥教士队挣足面子。对于这些成就,古温却只用一句话带过,"我的长处之一就是自知能力有限,圣地亚哥没有令人分心的事。在这座城市,媒体不会追逐我,使我能够专心一意地练习。"可见,古温眼中的专注就是必须专心一意、不断地去做,而这正是我们要学习的地方。

作为一种能力,专注力其实是可以通过训练来获得。怎样才能有更好的专注力,使之更能发挥效果?重点便在于要知道事情的优先顺序与集中注意力。一个人若只知道轻重缓急,却缺乏专注力,那就如同一个人知道该做什么,却老是一事无成;但如果只是集中注意力,却不知轻重缓急,那么虽然可以保有品质,却不会有进展。唯有两者都顾及时,才能成就大事。

◎拥有专注力的关键

想想,如果汤尼·古温把时间都花在研究如何盗垒上,那将是大联盟多么巨大的损失啊!我并不是说古温不会盗垒,事实上他的职棒生涯也成功盗垒了 300 次以上,但那并不是他的专长。如果把他的时间都用来学盗垒,而不再钻研打击,那将是白白浪费时间和天赋。所以学习拥有专注力的关键还在于:你怎样善用时间和天赋。

首先,请将 70%的专注力用于自己的长处。成功人士都会花较多时间专注于他们所擅长的领域,这样,他们的才能就会得到更好的发挥。管理学之父彼得·杜拉克曾说过:"人们将事情搞砸,并不值得大惊小怪;倒是偶然做出美好正确的事,才令人称颂惊叹。能力不是人类普遍的现象,每个人的长处都只在某一特定的层面。例如，从没有人会怀疑为什么伟大的小提琴家海菲兹不会吹喇叭。"如果你想要成功，那就先专注于自己的长处，并且培养它，因为这才是投资你的时间、精力及资源的正确之道。

当然你还可以像哲学家康德那样，在书房沉思时，将目光穿过窗户往屋檐上看，然后注视屋顶风车的尖端，一边专心地注视，一边思考问题。因为利用了这方法，康德才写出许多伟大的哲学著作。这其中的道理就在于，当我们注视某一点时，视野就会变得狭小，如此视野以外闯进来分散思考的东西就会减少，从而使得意识范围变得狭窄，人的心境便会宁静，精神就会集中，而集中就会产生力量，正如受力面积变小，压力就会变大的物理现象。

其次，**把 25% 的专注力用于学习新事物**。成长就是不断地改变自己，如果你想精益求精，就必须不断地改变自己，以求进步；而这就意味着你必须跳出自己原来的模式，去学习新的事物。

曾经一度陷入打击低潮的汤尼·古温，在向波士顿名将泰德·威廉斯请益之后，就力行了这个方法，而使其打击功力更上一层。当时，威廉斯建议他应该多练习打内角球，因为这会使古温的打击更加全面。于是，原本就擅长外角球的古温开始下苦功练习打内角球，果然打击率大幅度提升，最后蝉联大联盟打击王。由此可见，如果在自己的短处方面不断追求进步，那么，你很快就能成为一个全面的人才。别忘了：如果你停止成长，就等于是气数将尽。

最后就是要将 5% 的专注力用于掩饰自己的弱点。没有人能够没有弱点，关键在于你如何去掩饰它。有时候人们用了一辈子的努力才换来几声掌声，但却因为一个小小的缺失而遗臭万年。"一粒老鼠屎，坏了一锅粥"就是这个道理。因此想办法用自己的强项去掩饰自己的弱项，变成是一件相当重要的事。

当然，如果你现在比以前更善于集中注意力，也不要就此自满。那些科学家、思想家、事业家、艺术家还是有值得你学习的地方，你还要想办法超过他们。只要你有这种自信，相信自己可以迅速提高专注力，那么你就能具备它。

专注力，是成功的第一要素。无论是个人，还是企业，都必须要在35岁前培养自己的专注力。在当今这样一个诱惑遍地的时代，保持一种专注，并以充沛的力量启动它且坚定不移地付诸实践，是极为不易的。但只要下定决心，排除一切干扰，肯定可以做到。

请相信专注的力量，因为你的成功将缘于此，失败也缘于此。

第一部　激发内在的潜藏能量

05直觉力

爱因斯坦说:"直觉的心灵是一种神圣的天赋，理性的思维则是忠实的仆人。但我们已创造出一个尊崇仆人却轻忽天赋的社会。"

直觉往往是非理性的层面居多，理性思考通常是直觉的天敌。但不可否认，有时第一眼的直觉却是最标准的答案。当我们在反复思考却得不到满意的答案时,请相信自己的直觉吧!

能够用直觉去决定事情的人，一定要对自己有充分的自信，不然就没有勇气去做判断了。

爱因斯坦说过:"直觉的心灵是一种神圣的天赋，理性的思维则是忠实的仆人。但我们已创造出一个尊崇仆人却轻忽天赋的社会。"

正如其所言，身处在这个现代社会，虽然生活比以往好过许多，但也由于资讯的不断进步，我们接触到太多理性的思维，所以也就受到理性的桎梏，而这些限制，导致无法充分发挥想象力、创造力。

你是否有过这种经验？"面对问题时，往往最先想到的答案最能奏效。"其实这就是直觉。**直觉往往是以非理性的层面居多，所以理性思考通常是直觉的天敌**。但不可否认，有时第一眼的直觉却是最标准的答案。当我们在反复思考却得不到满意的答案时，请相信自己的直觉吧！因为当下并不需要最好的解决方法，而是当机立断。懂得善用直觉力的人其实并没有超能力，也不是天赋异秉，往往都是努力练习的结果。

但是，什么是直觉力呢？

直觉力就是你所看到的人或事或物的那一刹那，也就是不经意的一瞬间，你的眼睛传递给大脑的微小电波。可别小看这短短的几秒钟，它直接掌握事物的本质和规律，可以奠定你对一个人或事或物的评价和将来以及它的发展。它是不经过一步步的逻辑推演，有时甚至无需以什么逻辑为前提，而是直接捕捉到结论的能力。

直觉力可说是一种很宝贵的能力。它常常表现为人的领悟能力和创造力，它可以猛然察觉出事物的原始意义，突然得到醒悟。同时，它也表现出一种超前的预见性和机动的灵活性，因此往往能够节省时间，一击中的。比如玩剪刀、石头、布的猜拳游戏，有的人就能凭直觉猜到对方要出什么，从而每次都赢。当然这只是个游戏，可是如果把这种直觉力应用到学习、工作中，效果也是一样的。

◎你是哪种推销员？

一个有着准确直觉力的人，在工作、生活、学习中应付各种问题的时候，自然会表现的游刃有余、从容洒脱。世界上有很多事情，有不同的直

觉、不同的思路,也因此产生不同的出路。直觉力为什么重要?就因为人是个主观的生物,在很多时候都不能客观地评价其他事物,所以在 35 岁前拥有直觉力就显得尤其重要了。

相信你绝对听过这个故事,A 鞋厂和 B 鞋厂的推销员,同时来到太平洋一个岛国推销鞋。他们看到的是同一个事实:这里的人都不穿鞋。A 鞋厂的推销员就向厂里发回讯息:"这里的人都不穿鞋,鞋在这里没有什么市场"。然后他就很失望地离开岛国。B 鞋厂的推销员却很兴奋地向厂里发回讯息说:"这里的人都还没有鞋穿,有很好的市场前景。"然后他把一双最好看的鞋送给岛国的国王穿,岛国人民看到国王穿鞋后,人人开始学着国王穿鞋。于是 B 鞋厂的推销员在这里开设了专卖鞋店,结果,B 鞋厂发财了。

两个推销员面对相同的情况,却得出两种截然不同的结论。就是因为两个推销员的直觉不同,思路不同,看问题的角度不同,当然解决问题的方法也就不同,导致一个走出阳关大道,另一个却进了死胡同。对于普通人而言,直觉力只是决定一个人或一家人的出路,而对于一个部门、一个企业的管理者,直觉力就决定了一个部门,乃至一个企业的出路。

举凡能在 35 岁之前成功的人,大都有着较强的直觉力,但有时候直觉力也是判断力、创造力和经验的综合体,经常一些用直觉力做的决定其实就是这三者共同作用的结果。就像有的人从没有写过电脑程序,但是真到了必要的时候,也就能摸索着编写成功。或者有时候,突然接到主管分派短期内几乎不可能完成的任务,却也能把任务完成。只不过以上两个例子,光靠直觉力一定不够,还需要判断力、创造力和经验来做辅助,只是下决定的时间够快,会让人觉得这是直觉的判断。

◎ 买彩券的秘诀

人的直觉力也是个奇妙的东西，有时最初的判断往往就是最后的选择。

最近，台湾民众十分迷彩券，尤其是碰到头彩连中好几期的时候。大家都想着投注希望于一张几十元的彩券，有时连我都忍不住会去买个几百元，但就是怎么买都不中。

其实，千变万化的彩券固然有技巧和规律可循，但实际操作起来却很难把握。这种数字游戏，中奖靠的多是运气，很多时候讲求的也是直觉。有的人在即将投注时，就会突然心血来潮地更改号码，结果就是与大奖失之交臂。

对于买彩券，我有个朋友的见解让我感触颇深，**"买彩券就跟购物一样，第一眼看中的往往最中意。"**所以，他选号便有个"固执"的原则：一旦选定自己心仪的号码，绝不临时更动，即使有时觉得其他号码有开出的可能，最多也只是及时性加买。所以从台北银行的乐透彩到现在的台湾彩券，虽然没有中过几百万，但是几百或几千元的奖金倒拿了不少。

很多时候，人们对直觉力就是特别执著。喜欢第一眼看上的衣服，再怎么比较，还是最开始的那件最顺眼；喜欢第一次看到的漫画，并以此为标准评断什么是好漫画，什么是坏漫画；考试时，遇到不会的选择题往往也是靠直觉得到的答案正确，改过后反而是错的……当然这只是我的感受。不过，我深信能够用直觉去决定事情的人，一定要对自己有充分的自信，不然就没有勇气去做判断了。

现代心理学认为,不同的人直觉力有很大差别,直觉力强就意味着资讯感受力、资讯处理能力强。心理学家也认为,直觉力是可以培养的,方法和途径也有很多种。因此,35 岁前的你,想要提高直觉力,可以试着这么做:

1.接受逻辑思维训练。

2.遇事从正面思考后,再从另一面反向思考。

3.遇事拿自己当参考物,影射自己,看看事情发生在自己身上,会是什么感受,由己及人。

4.领悟人生,而后领悟自己,领悟他人。

5.看好的小说会帮助你领悟人生、领悟自己。

6.保持客观公正的处世态度、平常的心态和乐观的性情会无形中提高你的领悟能力。

7.写日记或者其他文字都会帮助你思考,提高领悟能力。

总之,越是重大的决定越要凭直觉,反复思考后做出的决定,结果往往不尽如人意,我常和同事说"对大事情的决定要眼明手快,对小事情的决定要胆大心细。"一个复杂的决定常常需要考虑各种因素,但这样的思考反而会使清醒的头脑变得更迷糊,最终只能照顾到其中的一个方面,反而不能做出最佳选择。此外,深思熟虑之后,人们还容易犯错,甚至忽视一些显而易见的道理。所以人们在自然状态下做出的直觉决定,往往能比较全面地权衡各方利弊,获得比苦思冥想更好的结果。

◎直觉力总是最好

直觉力虽然很奇妙,不过,还得提醒一点,不要太过陷入直觉力的盲点,但很奇怪的是,即使直觉糟透了,我们却还是非常愿意相信它,这又是为什么呢?

其实,早就有许多研究对"直觉力总是最好的"做出了反驳,他们发现坚持直觉力并不见得总是明智的选择。

美国几所大学就曾经联合调查了1000多名大学生,针对其期中考考试改过答案的痕迹做统计,统计他们改前和改后的答案正确率,结果有51%的学生改对了,25%的学生从正确改成错误,24%的人从一个错误答案换成另一个错误答案。改对的比率约是改错的两倍。

研究者又从51%改对的学生中挑出50名,针对改答案的直觉力进行访谈,其中有75%的人认为改错的人肯定超过改对的人数。受访的学生也指出如果把正确答案改成错的,会更令人遗憾、灰心和难忘。

虽然从研究中感觉直觉力好像是无用的,但却可以从这个研究中发现两个有趣的思考点,第一是学生写的第一次答案并非完全是用直觉去选择,可能也是经过几番思考。第二是人的心理层面无法接受直觉力无用的事实。

违背自己的直觉力而把对的答案再改成错的,让人非常灰心,从而使人们相信背离直觉改变答案的行为非常愚蠢,它会导致更错误的答案。只因为从正确改为错误比起坚持原来的错误答案感觉更差,所以人们才总是买直觉力的账。这感受会使得改错的记忆更深刻,让人觉得更有可能发

生错误。

即使很多经营者、主管有时也都很相信自己的"直觉力"。没错,决策时靠"直觉力"的确可以减少时间的浪费,不过万一判断错误,损害可能就难以弥补。因为人有喜好善恶、偏见的感性认知,难免会欠缺理性思考,在不同的时空环境下,光用"直觉力"下判断,何尝危险?

所以,光凭经验臆测是不够的,还要加上清晰的逻辑,完整的资讯,以及专家的意见,全部整合之后,这样的"直觉力"才能避免老是猜错边、押错宝!

所以在 35 岁前你应该学会在反复思考后,得不到满意的答案时,就相信自己的直觉!但也不要太过于自信,应该凡事都觉得有问题,而这种问题意识,也可以算是一种"直觉力"吧!

06 倾听力

台积电董事长张忠谋说过：人生成功的秘诀就是"听"，而且"听"往往比"说"更重要，要"懂得听，且听得懂"。

35 岁前学会倾听的能力，可以确保我们与周围的人保持密切接触，因为失去倾听能力也就意味着失去与他人共同工作、生活的可能。一个擅长倾听的人将通过倾听，从他人那里及时获得资讯并对其进行思考和评估，并以此作为人生决策的重要参考。

你懂得倾听吗？请先试着回答两个问题：一、我宁可听具体明确的事，也不想听不切实际的话；二、别人讲话时，我会想若有机会我要说什么？

如果你的答案都是"Yes!"，那么你，还不懂得倾听。根据统计，70%的人都是不及格的倾听者，但倾听，却是现在社会里最容易被忽视的竞争力。"听"是我们未使用的潜在能力，亟待开发，世界 500 强企业中，近七成的企业都设有倾听训练课程。因为干部懂得倾听，就能升官晋爵；主管懂

倾听,甚至能让企业成功不坠。

听是一种行为、一种生理反应;而倾听则是一种艺术、一种心智和一种情绪的技巧,可让我们了解他人,甚至不需出声即可达到沟通目的。听,可以说是除了呼吸之外,我们最常做的事。

"左耳进,右耳出",或者把话当做"耳边风",这些都是不懂得倾听的艺术,甚至可说是不懂得做人的道理。很容易让你在人生的道路上,找不到信赖你的人。

◎沟通之前必须先懂得听

台积电董事长张忠谋曾经在两场对年轻学子的演讲中,反复提到"听"这个课题。一场是在与中信金控董事长辜濂松的对谈会上,他回忆起青年时期的人生领悟,指出**人生成功的秘诀就是"听",而且"听"往往比"说"重要,要"懂得听,且听得懂"**。 另一场是在台大的校庆时,面对台大学生,他谈到,领导人应具备五项特质,其中之一是沟通能力,"尤其要会'听'"。

所以,35 岁前你要学会如何有效倾听,你必须专心听并筛选重点,解释其涵义,决定你对它的看法为何,然后适当回应。

很多人认为听是一种被动的行为。他们很可能感到烦闷,如果不参与谈话还可能会感到无精打采。而善听却不是消极的行为, 它是积极的行为。听者对于交谈的投入绝不亚于说话者。

人们不真正去听的原因是不愿受外界新资讯的影响, 他们不愿面对别人对世界的看法。在这些新知识和新感悟的基础上，就必须改变他们自己的观点和已经形成的看法。对很多人而言，他们是不愿意改变他们一贯的思维方式的。他们认为回到自己驾轻就熟的东西上总比去实现新的东西要安全稳当得多。但是，我们如果不竭力去听懂他人，是不可能进步的。

倾听是必须从小就开始学习，因为它是人际沟通最重要的一个部分。提高倾听能力，是沟通成功的出发点。所谓"洗耳恭听"，指的就是"倾听"的能力，这是迈向沟通成功的第一步。当别人来跟你做当面的沟通，或者你主动与别人进行面对面的晤谈，争取伙伴支持你的计划并争取他们的通力合作时，你是否善于运用"倾听"的艺术来达成你的目的呢？在谈到这些原则、技巧之前，你不妨思考丘吉尔所说的："站起来发言需要勇气，而坐下来倾听，需要的也是勇气。"

◎职场的必备利器——倾听

35 岁前学会倾听的能力，可以确保我们与周围的人能保持密切接触，因为失去倾听能力也就意味着失去与他人共同工作、生活的可能。一个擅长倾听的人将通过倾听，从他人那里及时获得资讯并对其进行思考和评估，并以此作为人生决策的重要参考。

职场上，尤其需要倾听。主管交办的事项，如果你不懂得倾听，甚至听不清楚，那可能会把工作做得七零八落，难免饭碗不保；同事之间不懂得倾听，那么意见无法交流，合作就容易有间隙；和客户之间若不懂倾听，那么就无法完整接受客户回传的讯息，自身或企业便无法进步……。

10 年卖出 500 辆奔驰车的超级业务员邱次雪这么说过，**"每个顾客**

都像一本书,你要用心听才读得到。"

20 多年前,她还是个蹩脚的业务员。客人上门,三句话后她就不离"车",因此业绩总是挂零。直到有次,一位顾客要她先闭嘴,对她来说,仿佛是当头棒喝。"后来,我都要求自己先不要说话,"因为让客人先说话,才能听到对方的需求与考量点,而不是迳行推销。

曾经,有位企业老板娘来店里看车,同事亲切趋前问候:"您要来看车吗?"老板娘不悦答道:"不是看车,是要看什么?"这时,只见邱次雪静静端上一杯水站在一旁,不发一语。

老板娘开口:"你们业务员的服务态度很差,车卖得又贵。"只见邱次雪虚心请教:"那我们要如何改善呢?"她挽着对方的手往贵宾室里坐下,门一关。30 分钟后,一笔 200 万元的订单就到手。

"过程里我都没说什么,只是听她抱怨 20 分钟。"原来,这位顾客早就锁定一款车型,但逛了几间车行都没碰到满意的业务员。而邱次雪只是用心倾听抱怨,一边回应,同时也整理自己的思绪。等客户气消后,她开始与对方聊起家庭生活的经验。不到 30 分钟,交易就完成了。

"上天赋予我们一根舌头,却赐给我们两只耳朵,所以我们从别人那儿听到的话,可能比我们说出的话多两倍。"就是告诉我们要多听少说。所以,沟通最难的部分不在如何把自己的意见、观念说出来,而在如何听出别人的心声。

◎全神贯注地倾听

一个公司有个重要的职位招聘人才，大约有 100 名竞争该职位的候选人。面试官将大家带到一个会议室，面对着大家说，在接下来的 5 分钟内，他要给他们讲讲公司的历史，并介绍公司的产品。他让大家注意听，然后就开始讲起来。

大约两三分钟后，一个人走进房间，在一张空桌旁停下，开始往桌子上放盘子。面试官完全不理会陌生人，无视他的存在，继续讲话。这时，陌生人取出一罐刮胡膏，使劲摇晃，然后往盘子上抹。

听众感到有些不自在，甚至感到好笑。当所有的盘子都抹完后，陌生人离开了房间，还是不说一句话。这时面试官让大家就他刚才讲过的话，回答几个简单的问题。

绝大多数听众回答不上来，因为他们刚才没有听面试官在讲什么，他们的注意力都转移到了陌生人身上。只有一个人，能够回答出面试官提出的简单问题，这证明他的注意力没有被陌生人吸引，而是一直在听讲。因此，这人终能过关斩将，获得职位。

没人愿意被忽视。或者换一种说法，人人都愿意谈话有人听，而且是一直听完，不被打断。倾听是一种技巧，这种技巧的第一信条，就是给予对方全部的注意。

◎请表现出认真倾听的样子

有时候，你虽然自己在认真倾听，但对方并没有意识到。也就是说，你没有表现出认真倾听的样子。

你可以设想，如果你在听对方讲话的时候，嘴唇紧闭，甚至眼睛也闭着，或者眼睛看着别处，对方能认为你在认真听他讲话吗？其实只要从下面这些小动作，对方就可以判断你是不是在认真倾听他说的话。

眼睛盯着谈话对象看，并且眼中有神采；手上没有小动作，手上的动作都是因为谈话的过程中身体有反应，而不是僵硬地保持一个姿势；及时附和说话者的观点，在关键地方点头表示同意。如果他不提出让你发表看法，一般不要插话中断对方的思路，当然在一些细节问题上可以重复对方的语句，以表示重视。

◎试着与对方产生情感共鸣

有位著名的专栏作家写过这样一段话，"**受人欢迎的捷径在于多倾听、少说话**。如果别人有满腹话想向你倾诉，怎会有兴趣听你发表高论？如果你想做个具有魅力、受大家欢迎的人，你应常说：真精彩！还有呢？再告诉我吧！"

由此可见，仅仅听到说话者所表达的感情是不够的。还应当对说话者的情感做出适当的反应，这样才能使说话者知道他所要表达的内容对方都明白了。有时候，说话者所要表达的感情远比他们所表达的内容重要。正如当有人说："我简直想把这台该死的电脑扔到垃圾堆！"时，对这句话本身的内容做出任何反应都是荒谬的。而对这句话所表达的情感做出反应才是很重要的。在这种情况下说"你肯定很灰心或肯定累坏了"才是较适合的回答。

在与人交谈时，我们应当表现出有兴趣的、关心的和赞同的态度，使对方有一种自己被你认同的强烈感受。只有当自己也处在这样的境地才能理解别人的难处。

同时，还可能为对方能够更清楚地表达自己的内心思想和内心世界达到提示"台词"的作用，如帮助归纳，给出一个恰当的形容，从而使对方保持较高的谈话兴致。如果你想使对方进一步敞开胸襟，多给予同情、理解和共鸣感是十分必要的。让对方知道，你是在设身处地地为他着想。你可以常提到"你谈到这一点我也同意，虽然我不完全这样认为，不过却觉得你讲得很有道理"。这样便于双方彼此间加强共同点，促进彼此理解沟通。

◎倾听要不带偏见地听

记得你是妨碍自己成为有效倾听者的最大障碍，**要能好好倾听，一定要先学会"放空"自己**。如果没有放空自己，你就会不自觉地被自己的想法缠住，因而忽略别人在言语、表情或动作中所传递出的讯息。如果你一开始就认定对方很无趣，你就会不断从对话中设法验证你的观点，结果你所听到的，都会是无趣的。

要使自己的倾听态度处于一种开放的状态。开放式的倾听是一种积极的态度,意味着控制自身偏见和情绪,克服心理定见,做好准备积极适应对方的思路,去理解对方的话,并给予及时的回应。

　　你可以先耐心倾听对方要说的话,即使你可能认为它是错误的或与话题无关的。用点头或偶尔一声"嗯"或"我懂了"以示简单的认可(但未必就是同意)。然后,设法理解说话人所表露的情绪及理性内容,这样自己也有了理性的判断,总比两个人"话不投机半句多",甚至激烈争辩,大吵大闹好。

　　总之,善于倾听别人谈话,才能够抓住对方本意,领会其要旨,做出正确的判断。善听也是一种修养,它只有经过长期的锻炼才能形成,这样的人也必是有谦逊的品德,有随和的个性。能够在 35 岁前就学会把耳朵借给别人,便会成为一个走到哪里都受欢迎的人。

第一部 激发内在的潜藏能量

7 观察力

观察力是企划力、创造力、判断力的根本,拥有了观察力才能着手企划和创造,进而判断事情的对错与真伪,观察力对企划人员来说,不仅像雷达般定位,更像是卫星天线的不停接收,而不具备良好观察力的人,终将成为职场竞争的失败者。

观察力就字面上解释就是能够看穿事物表面并看到事物本质的能力,也就是善于发现别人尚未发现奥秘的能力。在35岁前学会这种对事物的比较、分析及研究的能力,将让你在学业、职场、人生中都能做个"现代柯南"。

人不可能在脱离生活的大环境下而取得成功。成功也只能是扎根在生活当中,因为生活中蕴藏着许多可以使人成功的机会,而要想抓住这些机会,你首先要学会做生活的有心者。因此只有勤于观察、勤于思考,才有可能从生活中得到启发。

记得学生时代,每次翻开《福尔摩斯探案全集》,我就会被里面的故事

深深吸引,并且梦想着某天自己也能成为像福尔摩斯那样绝顶聪明的人。

福尔摩斯的办案能力是绝对一流的,他可以面对一个陌生人,毫不费力地说出他的职业、性格,以及去过的地方。而且,更奇妙的事,他的推论往往都是非常正确的,这点更是让人佩服!其实,这都是与他多年来从事侦探工作,以及他敏锐的观察力有关。

观察力就字面上解释就是能够看穿事物表面并看到事物本质的能力,也就是善于发现别人尚未发现奥秘的能力。在 35 岁前学会这种对事物的比较、分析及研究的能力,将让你在学业、职场、人生中都能做个"现代柯南"。

在科学界有一句话**"只要问对问题,答案就出来了"**;好的科学家,观察力都相当好。例如提出进化论的达尔文,他在荒岛上发现一些很远的地方才会出现的植物,推测应该是鸟儿带过来的。为了验证这个假设,他便到附近池塘边挖了一杯泥土回家,看看能长出多少植物。每长出一种就拔掉,结果发现可以长出 300 多种的植物。于是他确定了鸟爪上的一点泥土,就可以带这么多的种子过来。

这就是观察力,而且需要背景知识去养成;**一个人若没有背景知识,就会有看没有到。**

懂得观察才能有丰富的写作材料,观察才能使我们明辨是非,观察才能丰富我们的知识。事实上,观察力更是我们必须拥有的能力。因为观察力是企划力、创造力、判断力的根本,拥有了观察力才能着手企划和创造,进而判断事情的对错与真伪,观察力对企划人员来说,不仅像雷达般定位,更像是卫星天线的不停接收,而不具备良好观察力的人,终将成为职场竞争的失败者。

观察力同时具有明确的指向性,这非常有利于在观察时既见森林,又见树木,而不是偏重于某一方面而忽略了另一方面。全面,正是观察的基本原则。

明代医学家李时珍在书上看到巴豆是泻药,于是在治病时总把巴豆当作泻药使用。可是,有一次他在治疗过程中,不小心给腹泻患者服用了少量巴豆,却发生意想不到的结果:患者的腹泻止住了。于是,李时珍对巴豆的药性进行全面的观察,才发现从总体上讲,巴豆是一种泻药,但针对某些特殊的病症,却又是一种止泻药。

具有观察能力的人,观察问题就能像李时珍一样,比较全面,就算是对于不熟悉的事情,也能很快察觉它的差异与特征。

相反的,观察力不好的人即使对于身边最熟悉的事情也无法察觉它的改变。有的时候,我反而觉得小孩子的观察力优于大人,就像我儿子今天来我公司,他一眼就看出鱼缸少了一条鱼,而我同事看了两三天却也没人发觉。

20世纪初,奥地利青年气象学家魏格纳,在某次住院期间,偶然地对病房横挂的世界地图形状发生浓厚的兴趣。这平常看惯的地图形状,根本不会引起病人和工作人员的丝毫兴趣。但魏格纳却通过这平凡到不为人注意的地图形状,仔细观察且觉察到其中奥妙:地图中大西洋两岸的大陆海岸线凹凸部分正好相反,愈看愈觉得图中的整个欧洲、非洲、南北美洲东部,简直就像是一张完整的报纸被撕成的两半。

正是这独特感受,使得魏格纳成为大陆漂移说的缔造者。之所以能通过一张普通的世界地图提出新科学猜想,最大的原因就在于魏格纳具有较强的感受事物能力。他能从现在的地图形状,由此及彼,认识到它是由

远古时期的整块大陆经历无数次漂移和演变而逐渐形成的结果。

一个感受独特的人,在观察事物时,往往能获得深刻的体验,能感受到那些别人感受不到的东西,能从日常生活和平凡的事物中领悟到新发现,在别人看似不可能产生希望的地方创造奇迹。

俄国生物学家巴甫洛夫曾说过:在你研究、实验、观察的时候,不要做一个事实的保管人。你应当力图深入事物根源的奥秘,应当百折不挠地探求支配事实的规律。这就是说,巴甫洛夫主张观察不但要准确,而且还应达到能通过现象看本质、力图深入事物奥妙的一面。

准确,正是观察力的根本,也是观察力表现效果的根源。抓住本质特征,是观察的目的之一。观察时抓住事物的本质,不仅能认识事物的现在,还能预见未来。一个观察力强的人,能够经常预言事物发展变化的趋势和方向。事实上,观察力强的人在观察事物时,就能对具体情况进行分析,并能迅速而准确地认识到事物的特征。

◎观察力如何训练?

当然,人的观察力虽然受先天生理、心理因素的影响与制约,但主要还是可以在后天的实践中形成和发展。所以,培养和训练观察力可从几个方面入手:

第一,确立观察的目标,提高观察责任心。人的行为是有目的的。只有带着目的和任务进行观察,提高责任心,才会对自己的观察力提出较高的要求,从而提高观察力。

第二，明确观察对象，订立观察计划。这样就可以将观察力指向与集中到要观察的事件上，并按部就班，从容观察，从而有助于提高观察力。

第三，观察时要全神贯注，聚精会神。注意力是观察力重要的实现要素。只有提高注意性，对观察物件全神贯注，才能做到观察全面具体，才能收集到物件活动的细节。

第四，培养浓厚的兴趣和好奇心。兴趣和好奇心是提高观察力的重要条件。一个人具有好奇心，对其观察的事件有浓厚的兴趣，他就会坚持长期持久的观察而不感到厌倦，从而提高观察力。

第五，要有丰富的知识和经验做后盾。只有这样才能在观察中善于捕捉机遇。科学家巴斯德说过，在观察的领域里，机会只偏爱那种有准备的头脑，就是这个道理。

第六，掌握良好的观察方法。如要坚持观察的客观性，要注意被观察对象的典型性。

最后，我想起一个故事：有位教授，为了向学生证实糖尿病患者的尿液中含有糖分，就先做了示范，把一只手指伸进一杯事先准备好的尿液样本中，然后把指头放在自己的舌头上尝了一下。之后他要求学生也照样试验一遍。

学生们都皱起眉头，虽然老大不愿意，但还是一个个照着教授的指示把手指伸进尿液，然后急急忙忙地用舌头舔了舔。

当所有学生都做完后，怎知教授摇摇头，露出哭笑不得的表情，十分遗憾地说：对于你们为了科学，甘愿亲身体验的精神，我深表赞赏。但是若以你们这种粗心大意的观察力去从事科学工作，将来想要有非凡作为，取得出色成就,我只能说 NO!

原来,教授在实验时,使了小小的花招:他伸进尿液时用的是食指,而放在舌头上的却是中指,只是动作做得较快,骗过大家的眼睛而已。

请不要只是把它当作一则笑话。观察力之于人生,就是如此的重要,不具备观察力就会让你闹出许多笑话。在 35 岁前拥有观察力,将会是你打开成功之门的那把钥匙。留心观察身边的生活,那么不仅不会被生活蒙蔽,甚至还会发现生活中处处充满成功的机会,而成功的机会,往往都是降临在懂得观察的人身上。

第一部　激发内在的潜藏能量

08 意志力

"**人**的极限就是没有极限",但是要挑战极限就要靠过人的意志力,意志力让我们完成看似不可能完成的任务。

意志力也可以说是决心的表征,只要不是凭空想象,不是空有期望而没有目标,它就能让你战胜一切,让你达成目标、更快成功。但是,35岁前,如果你还没有具备这项能力,几乎就注定要迈向一事无成的道路。

坚强的意志是一个人成功的必要心理素质。尼采甚至这样说,"意志力决定你是否成功。"

字典上将意志力解释成"控制人的冲动和行动的力量",其中最关键的是"控制"和"力量"。"力量"是客观存在的,问题在于如何"控制"它。个人的决心如果常常是不坚定的,那么他就更无法在长期、一系列连续的行动中保持坚强的意志力,也不可能有毅力去实现远期的目标。因而,提升个人的意志力,对于一个人去赢得成功人生,是至关重要的。

意志力，首先是指面对某一个决心要完成的行为表现出来的精神力量，一个人拥有强大的意志力就意味着，他借由意志力本身、通过自己的身体或其他事物，能够利用巨大的内在能量来实现自己的目标。

意志力也可以说是决心的表征，只要不是凭空想象，不是空有期望而没有目标，它就能让你战胜一切，让你达成目标、更快成功。但是，35 岁前，如果你还没有具备这项能力，几乎就注定要迈向一事无成的道路。

我们可以把人的意志力比做电池，其放电能量的大小取决于它的容量和它的疏导系统。它可以积聚很多的能量，在适当的操作下可以释放出强劲的电流。在某个时间或者某种特殊的刺激下，一个人可以表现出巨大的意志，而由这种意志力又引发了超常的能量。因而，意志力可以被看做是一种累积起来的能力，一种在量上能够增加、在质上能够提高的能量。

"人的极限就是没有极限"，但是要挑战极限就要靠过人的意志力，意志力让我们完成看似不可能完成的任务。

我曾经看过一本书叫《10 公尺前方的 100 万》，书中提到一个观点：当终点线就在 10 公尺前方，但你已经完全跑不动了，突然间有人告诉你"10 公尺前方有 100 万，拿得到就是你的。"当下，你一定会用尽所有力气再跑 10 公尺！。如何超越极限，达成不可能的目标，其实最重要的就是要有过人的意志力，只是有时候这个意志力是需要某种诱因去支撑。

意志力就是能让你克服惯性、惰性，把力量集中于未来。在遇到阻力时，想象自己在克服它之后的快乐；积极投身于实现自己目标的具体实践中，你就能坚持到底。

人的行为在很大程度上是由他的意志力决定的，而意志力又取决于人本身，因为归根究底还是人在作选择与决定。

当然，意志力和知识一样，不是想有就会有的。在我小的时候，父亲总对我说，"做事要有毅力，否则将来便会一事无成"。我一听到父亲说这话就觉得烦，因为我认为，这又不是想有就会有的东西，而且我已经很努力了！当时，我做什么都觉得很烦，即使是感兴趣的事，时间久了也会觉得烦，半途而废更是家常便饭。当时，我对意志力的理解很抽象，甚至觉得意志力只是美化某些人的形容词。

◎增强意志力的方法

走了很多年弯路后，我才知道，意志力是一种能量，它不会无缘无故地产生，但意志力可通过训练获得并加强。像是当过兵的人都听过"合理的要求是训练，不合理的要求是磨炼"，部队中的很多要求就是在锻炼你的意志力，本来跑不完 500 障碍的人，往往在班长的要求下，都能咬牙完成，这就是意志力的最佳体现。当然这是指早期的部队，要是现在的台湾军人，我可不敢保证还是如此。

不过，我还是提供几个方法帮助增强你的意志力，你不妨试试。

1.积极主动。主动的意志力能让你克服惰性，把注意力集中于未来。在遇到阻力时，想象自己在克服它之后的快乐；积极投身于实现自己目标的具体实践中，你就能坚持到底。

2.下定决心。美国罗兰大学心理学教授詹姆斯·普罗斯把实现某种转

变分为四步:抵制——不愿意转变;考虑——权衡转变的得失;行动——培养意志力来实现转变;坚持——用意志力来保持转变。

遇到决策时却优柔寡断,结果无法付诸行动。为了下定决心,有时可以为自己的目标规定期限。

3.目标明确。不要说诸如此类的空洞话语:"我打算多进行一些体能锻炼",或"我计划多读一点书"。而应该具体明确地表示——"我打算每天早晨步行 45 分钟"或"我计划每周的一、三、五晚上读一小时的书"。

4.权衡利弊。如果你因为看不到实际好处而对体能锻炼三心二意的话,那么这样愿望是无法使你心甘情愿地穿上跑鞋的。

以戒烟为例,你可以先思考短期损失:"我一开始感到很难过"和短期收获:"我可以省下一笔钱";然后再思考长期收获:"我的身体将变得更健康"和长期损失:"我必须寻找另一种排忧解闷的方法"。通过这样的仔细比较,那么想要激起戒烟的意志力就更容易了。

5.改变自我。光知道收获是不够的,最根本的动力产生于改变自己形象和把握自己生活的愿望。道理有时可以使人信服,但只有在感情因素被激发起来时,自己才能真正加以回应。

如果你每天要抽两包烟,尽管咳嗽不止,但依然听不进医生的劝告,仍然我行我素,照抽不误。直到有一天,你突然意识到自己真是太笨了。"这不是在'自杀'吗?为了活命,得把烟戒掉。"因为戒烟能使自己感觉更好,那么你就能产生改掉不良习惯的意志力。

6.注重精神。法国 17 世纪的著名将领图朗瓦以身先士卒闻名,每次打仗都站在队伍的最前面。在别人问及此事时,他直言不讳道:"我的行动看上去像一个勇敢的人，然而自始至终我却害怕极了。我没有向胆怯屈服，而是对身体说：'老伙计，你虽然在颤抖，可仍得往前走啊！'结果就毅然地冲锋在前。"

大量的事实证明，使自己有顽强意志地去行动，有助于使自己成为一个具有顽强意志力的人。

7.磨炼意志。早在 1915 年，心理学家博伊德·巴雷特曾经提出一套锻炼意志力的方法。其中包括从椅子上起立和坐下 30 次，把一盒火柴全部倒出，然后一根一根地装回盒子里。他认为，这些练习可以增强意志力，以便日后去面对更困难的挑战。巴雷特的具体建议似乎有些过时，但他的思路却给人以启发。例如，你可以事先安排星期天上午要做的事情，并下决心不做好就不吃午饭。

8.坚持到底。俗话说"有志者事竟成"，其中含有与困难拼斗并且将其克服的意思。如果你决心戒酒，那么不论在任何场合里都不要去碰酒杯。倘若你要坚持慢跑，即使早晨醒来时天下着雨，也要在室内照常锻炼。

9.实事求是。对于那些无法实现的目标，最坚强的意志也无济于事。而且，失败的后果将使自己失去再试一次的勇气。

在许多情况下，将单一的大目标分解成许多小目标是一种相当可行的方法。我那打算戒酒朋友的阿发就在自己的房间里贴了一条标语——"每天不喝酒"。由于把戒酒的总目标分解成了一天天具体的行动，因此第二天又可以再次明确自己的决心。到了周末，阿发回顾自己 7 天来的一连串"胜利"时，就会更加信心百倍，最终与酒说"拜拜"了。

10.逐步培养。坚强的意志不是一夜间突然产生的，它在逐渐累积的过程中一步步地形成。中间还会不可避免地遇到挫折和失败,必须找出使自己斗志涣散的原因,才能有针对性地解决。

11.乘胜前进。实践证明,每一次成功都将会使意志力进一步增强。如果你用顽强的意志力克服了一种不良习惯,那么就能获取与另一次挑战决斗并且获胜的信心。

每一次成功都能使自信心增加一分,为你在攀登悬崖的艰苦征途上提供一个坚实的"立足点"。或许面对的新任务更加艰难,但既然以前能成功,这一次以及今后也一定会胜利。而这一切都得要靠你的坚强意志力作为后盾。35 岁前的你想要克服往后的种种困难,想要早人一步成功吗?那么请让自己拥有坚强的意志力吧!

35×3.

第一部　激发内在的潜藏能量

09 想象力

有人说,想象力比知识更重要,知识有限,想象力却是无限。在知识经济时代,你是否只强调知识和创新,却很少想要拥有"想象力"呢?其实想象力才是一切的源头,想象力可以解放你所有的束缚,让我们看到自己的潜能并促成它实现。

有人说,**想象力比知识更重要,知识有限,想象力却是无限**。想象力足以决定我们的成败。这句话你信不信?

有好几百年的时间里,没有人相信人类能在 4 分钟之内跑完一英里,但是 1954 年 5 月 6 日,罗杰·班尼斯(Roger Bannister)将这个不可能化为可能。他是怎么做到的呢?首先,他认定这是可能做到的,以及他可以做到,他在心中不断地想象这件事成功发生。他"看见"自己一次次地打破 4 分钟的记录,他以无比强烈的感情描绘出自己完成目标时的清晰、可信的愿景,使他的潜意识和神经系统都准备就绪去取得成功。直到现在,很多人都不断地刷新这个 4 分钟的纪录。这就证明了障碍存在于心理而非肉体上,班尼斯的事例影响了后世一代代人。

35×3

常听到一句话:"**想法的大小,决定成就的大小。**"这点出了想象力对成功的重要性。因为每个杰出的成功人士最初都会对未来有所想象,正是这些想象使他们勇往直前地朝自己的目标前进。

在知识经济时代,你是否只强调知识和创新,却很少想要拥有"想象力"呢?其实想象力才是一切的源头,想象可以解放你所有的束缚,让我们看到自己的潜能并促成它实现。

日常生活中,往往我们越是熟悉的东西,对它的功能就越了解,但是对它的其他用途可能就不会太在意,这就是埋没了自己的想象力。任何东西都不是只有一个方面,它是由许多方面组成,虽然在某种情况下,它是次要的,但在其他情况,可能就会成为事情的主导面。而想象正能够让你看到事物的另一面。

一个没有想象力的人是不会成功的,勇于想象让我们超越极限,创造更美好,好比在 40 年前,谁会相信人类是真的可以上月球,但现在人类已经不只上月球了。想象力带给我们的是一个新的未知世界,虽然与现实有一定的距离,但是这个距离是可以超越的,只要加上适当的努力,就会让想象中的世界来到现实中,为生活提供强大的动力。

虽然说经验与资历在职场上很重要,但这并不是衡量能力才华的唯一标准。许多企业老板都认为:有些人虽然有 10 年的工作经验,但不过只是将一年的经验反复 10 次而已。年复一年地重复类似的工作,固然能让你变得熟练,但可怕的是,这种熟练会阻碍你的心灵,扼杀你的想象力,这样你就不可能会有更大的作为。从事多年传播工作的我,对此尤有感触。因为很多时候,广告的创意,就是在几个人天马行空的想象、打屁聊天中,所激发出来。

因此,想象力对 35 岁前的你尤其重要,想象力让你变得更有智慧。20多岁时, 你已经累积了一定的知识, 而且还没有被现实的环境事物所蒙蔽,正是发挥想象力最佳的时期。想象力对年轻人的成功创业更是功不可没。所以在 35 岁之前,培养你的想象力并将其付诸应用,是很必要的,这远比你把目标定位为买栋房子更有实际意义, 因为丰富的想象力可以为你在 35 岁之后,不只换来房子,还有更多你想要的一切。

那么到底什么是想象力呢? 想象其实就是大脑对记忆的资讯进行加工从而得出一个新形象的过程,如作家创造人物形象,建筑工程师设计的房子等等都属于想象的结果,所以想象力就是大脑创造新形象的能力。想象必须依赖于客观现实,从现实生活中取材,不存在完全与现实无关的想象,即使是神仙鬼怪,它们的原始材料也是来源于客观世界,所以知识经验越丰富,能创造出来的新形象也就越多,想象力也就越强。

想象力是思维的能力——它能构筑虚幻与现实,也能重现客观。每个脑袋天生都具有这种能力。想象力丰富的人,能看到生动的情景,也就能体验更多的感受。由于不受个体的制约,想象力成了人们快乐和痛苦的源泉,就像我们在听一首情歌,不同人会有不同的感动,这全都是缘于每个人的不同想象。

人的想象是在广泛感知、丰富经验、渊博知识的基础上产生的。没有知识基础,毫无科学根据,漫无边际的想象只能是毫无意义的空想。但是,知识和想象又不是一回事,发明家爱迪生,没有念过多少书,知识全是靠自学得来的,但他有丰富的想象力,能充分利用自己的知识进行创造性想象,并通过思维把想象变成创造发明。他一生的创造和发明达 2000 多项,其中为专利局正式登记的就有 1000 多项。光在 1882 年,平均三天就有一项新发明,而与他同时代很多知识不亚于他的学者,却一生默默无闻。

想象力是推动进步的一大动力!在人类的劳动过程中,通过想象可以看到未来的结果,并且以它来指导生产过程。想象在人的智力活动中起了重要作用,没有想象,记忆将趋衰退,思维难以拓展,情感必然平淡。

如果你能一直不断刺激自己的兴趣,保持一颗敏锐的好奇心,那么不但会过得更快乐,甚至会活得更长久。对事事都充满好奇心的人,它的世界就充满了满足和想象。当然,当你对世界不再有好奇心时,那你不是在长大,而是在变老,你的想象力也会荡然无存。**"野心没有翅膀,只有想象才能让你飞翔。"**如果这时你还站在权力的顶峰,对人对己,都是一件危险的事。

◎掌握想象力的技巧

一个不想成为将军的士兵就不会是一个好士兵。哪怕只是空想,人如果没有了对未来的想象,就永远不会知道自己下一步要去干什么,永远也不会。要提高想象力,就需要体验人生,因为对已知世界的体会将是对未知世界认识的基础。曾任美国知名出版社 Double Day 发行人的哈丽叶·鲁苹(Harriet Rubin),指出你应该掌握的五个想象力技巧:

1.以小孩的角度观察现实。也就是说,不要让现实过度左右你的思考与创造。当现实是残酷而困难到无法达到目标时,想象力便派上用场,而当你以小孩的想象力来观察事实时,事情往往出乎意料之外。因为你是自由的,这容易让新事物创造成功。

2.理解想象力的运作方式。具有想象力的理想,往往是简洁有力的。因为愈能清晰表达出来,表示力量愈能集中,愈容易达成目标。一般来说,人之所以成功，在于它先让自己变得渺小，让想象力驰骋于理想目标之中，再通过别人来达到理想的最高境界。进一步而言，伟大的理想具有两种特质：第一是民主的、人人得以共用的；第二是通俗的、非理性的，例如以艺术作品去说服他人接受自己的观念。

3.运用想象力作为触发工具。例如以诗歌来代替冗长的说明，或者以图画来表达自我的意念，进而说服他人接受新观念。有时候，视觉也是想象力运作的工具，例如常常远眺前方，再拉回来做手边的事情，你会发现，这将刺激自己无限的想象空间。成功的企业家都会把长远的愿景，带入每一个会议之中，用灵感触动他的员工，而非仅是宣读例行的事务。

4.说出想象力的实践愿景。英国首相丘吉尔(Winston Churchill)曾说："我唯一的企图心就是能说善道。"成功领导者最重要的，就是了解什么理念掌控自己、影响企业组织，并运用语言的能力去实践一切可能性。英特尔(Intel)前执行董事葛洛夫(Andrew S. Grove)的著作《十倍速时代(Only the paranoid survive)》，就是将自己的人格特质与伟大想法，展现在世人面前，于是他成为了思想家。伟大的评论家，一旦将思想化为语言，全世界将跟着转变。

5.明白想象力要靠身体力行。想象力可以支撑一个人的理想得以实践。特别是当众人都不看好时，想象力必须身体力行，并且大声说出来，你的身体、灵魂与心智，才能朝一致的目标前进。

看到这些，你就不要再以为想象力是很神秘的东西。每个智力正常的人都能具有想象力，只是不同人对某些事物的想象在数和量上存在着优与劣的差异，这种差异主要是后天运用想象程度不一致造成的。想象作为人脑的一种能力，与其他智力活动一样存在和遵循"用进废退"的客观规律，因此我们要努力开发大脑，使自己充满想象力。

1.努力累积大量的知识经验,这是丰富想象力的基础。知识经验越丰富,想象的内容就越充实,越实用。古人都知道"读书破万卷,下笔如有神",因此要充实想象的内容就必须通过不断学习,大量累积知识经验。

2.要敢于怀疑和善于独立思考。在科学革新史上,几乎所有创造发明和发现都是源起于最初的疑问,只有敢于提问和产生怀疑,想象的翅膀才能得到拓展,尤其是要敢于就问题进行大胆的假设和独立的思考,敢于打破常规,挣脱思想上的束缚等。

3.开展丰富多彩的活动,激发想象。想象离不开客观现实,离不开实践活动,因为它本身就是现实的产物和结果,因此要培养和提高想象力,除了进行常规的学习活动外,还要创造条件,开展多种多样具有丰富多彩的实践活动,如参加音乐、绘画、体育锻炼、生产劳动等和各类社会交往的活动。

35 岁前记得为自己插上想象的翅膀,你的梦才能飞得更好更远,只要试着做一个充满想象力的人,你将会发现意想不到的收获。

第一部　激发内在的潜藏能量

0 理解力

在职场上,好的理解力造就好的执行力,理解力往往是办事效率的最大保证,而在与人相处上,理解力就是促进良好沟通的最大利器。

有时候理解力也是一种"懂得人情世故"的能力,要拥有理解力的关键,其实就在于"用心",只要你愿意"站在他人的立场想事情",自然就会处处逢贵人,也就比较容易成功!

在职场工作多年,我们常常会碰到与人合作相处的机会,在这些形形色色的人当中,我发现一个普遍的现象:当你在交代事情的时候,大多数人都会跟你说了解。即使你一再询问,真的明白吗？有问题要问哦！对方还是一味地说明白。但是事情执行的结果,可能根本就跟当初所说的有段差距。当然这是因为没有良好的沟通或是对事情的认知不同,但主要问题还是在他们缺少理解力。

在职场上,好的理解力造就好的执行力,理解力往往是办事效率的最

大保证,而在与人相处上,理解力就是促进良好沟通的最大利器。

所谓的理解力就是了解事理的能力。拥有好的理解力就是增加你执行、解决问题的能力。而要提升自己理解力就只能是靠自己,因为除了你之外,没有人可以支配你的脑袋。

有时候理解力也是一种"懂得人情世故"的能力,懂得人情世故的人,对人懂得体谅且贴心,但可不是人人都做得到。拥有理解力的关键,其实就在于"用心",只要你愿意"站在他人的立场想事情",自然就会处处逢贵人,也就比较容易成功!

35 岁以前拥有"理解力",是你一定要努力达到的目标。因为拥有理解力,才能体会对方的意思,并且拥有同理心,拥有好的人际关系及执行力,让自己具备不被社会淘汰的能力。

流川美加曾跟我说过一个她去旅游时发生的故事。同一个旅行团中有对夫妻带了两个小孩同行,途中,小孩哭闹不休,连续四天,只要一上车,大家就得忍耐小朋友轮流哭闹的噪音,虽然很累,不过因为同行的大家风度都不错,所以都是隐忍不说,当然偶尔有人会忍不住面露不悦之色,但也是人之常情。

当时美加就想,如果她是那对夫妻,应该会觉得不好意思,跟大家赔个不是,或请大家吃个点心,缓和情绪。不过,从头到尾,那对夫妻都是漠不关心,甚至下车时,还听到爸爸抱着小孩说:"我们走远一点,这些阿姨都在瞪我们!"显然这个爸爸就是严重缺乏理解力及同理心。

这让我不禁想,严重缺乏理解力及同理心的人,会有机会在职场及人生中获得成功吗?

缺乏理解力,你就有可能无法体会对方所要表达的意思,也表示在沟通上出现问题,就很容易造成执行上的误解。当结果与想象不符合,试想,你怎么可能得到对方的谅解,又怎么可能达到成功的境地。

朱玉红和我说了一个故事。一个年老的木匠,当他决定退休时,告诉老板,他将辞职回故乡和家人度过余生。虽然他会因此失去丰厚的收入,失去一个好老板和这个他喜爱的工作,但他还是想要退休。

老板当然会对失去这个好员工感到可惜。于是在退休前,要求木匠再帮他建造一栋房子,而房子的风格和形式可以百分之百根据木匠的喜好来建造。

木匠虽然对老板口里说是,但他的心,早已向往着退休后的生活。本来以他的本领,可以建一栋气派美观的房子,但这次他却只是随随便便地盖好了事。当木匠告诉老板屋子已盖好时,老板就将房子的锁匙放在木匠手中,对他说:"这是属于你的房子!你为我工作这么久,我没有什么给你,只好将依你自己喜好建成的房子送给你。"

当时木匠的心情是多么感动!但也感到一丝丝后悔!如果他知道房子是为自己所建,那么他就会尽最大能力将房子盖到最好、最美。人,往往就像老木匠一样。虽然有人为我们好,但我们就是听不懂、看不懂,无法理解。你不应该光想着自己的事,应该多去理解别人的想法,因为如果按自己的理解去做事都是对的,那我们早就成功了!

所以我们在做任何事之前,必须先弄清楚对方的意图,他希望你经由什么途径达到什么目的,你就要以此为目标,把握好做事的方向。千万不要只是一知半解就埋头苦干,否则结果将会是事倍功半,甚至前功尽弃。

但是想要具备充分的理解领悟能力也不是朝夕之功。在中、日两地职场，摸爬滚打多年的流川美加就曾感叹地跟我说，你的下属如果能有一两个人能确实理解领悟你的意图，并且正确执行就不错了。

当然有时候，你也应该先客观冷静地想想，到底自己的理解力是不是真的那么差。其实有很大一部分的原因是自己给自己不良的心理暗示造成的。毕竟人和人每个人的想法是不同的，好与坏、对与错都是相对的，每个人都有自己的思想，凭什么要否认否定自己的想法呢？所以在谋求提高理解力前，我们最迫切要做的是培养起自己的自信。

然而提高理解力也并不是，只看他人脸色行事，而是还要注意提高自己辩证思维的能力。首先是要培养观全局的意识，也就是要学会站在较高的角度观察和思考问题，并且注意收集与大局相关的资讯，不要总是盯着自己局部打转。在职场上，最容易发生这样的事情，主管交办事情时，只要你做某件事，但你却不了解整件事的始末，因此产生误解或做错。所以下次有遇到这种情况时，不妨想办法多了解一下，你所做的这件事是在整件事中的哪个位置。其次是要学会换角度思考，也就是同理心。如果你是主管会希望下属如何处理事务，利用何种办法达到何种效果最好。最后则是要能审时度势，做事要结合时局形势、法律法规、事件影响范围、事态紧急程度，全局与局部利益权衡，以期全面正确地理解他人的真实意图。

◎ 如何提高理解力

所以我们可以说，有深厚的观察力作为基础，然后以同理心，设身处地站在对方角度设想，再辅以因时制宜的应变力，就能达到提高理解力的效果。

　　而这一切就需要你平时多注意、多观察、关心时事形势,从主管、同事或周遭每个人的为人处事中学习对方的长处,吸收经验,汲取教训;多累积、多注意收集有关的资讯资料,掌握情况素材随时变化的时局等,这对于提高理解力都是十分有益的。

　　此外,想要提高理解力,建议从下列几方面着手:

　　1.重视他人的感情、欲求需求、愿望。

　　2.学会耐心地听完他人的意见。即使你不赞同,也要先听对方说完,然后问清楚不懂的地方,再下定论。

　　3.在路上、餐厅、公共汽车上,随时随地观察人的表情动作,推测其心理状态。

　　4.不是光凭外表来看一个人,更重要的是知道那个人的基本内心状态。而这可经由两方的交谈得知。

　　5.看电视、录影带时关掉声音,想象剧中人物说什么,注意观察他们的情绪和口型。

　　6.和别人讨论事情时,遇到对方意见与自己的完全不同时,要设身处地地思考其中原因。

　　7.弄清楚为什么自己在某些状况下会有特定的反应,了解自己的行为背景,将更有助于理解别人。

　　8.如果你讨厌一个人,请先找出充足而合理的理由。

　　9.欲判断一个人,请先多收集他的个人资料。明白他为人处事的准则,就能做出正确的判断、合适的反应。

10.不要忘记人都会有情绪失控的时候,也会受到心情的影响,所以要做到尽量不受干扰地去判断。

35 岁之前培植理解力,最重要在于先弄清楚对方希望你做什么,然后以此为目标来掌握做事的方向和方法。这点很重要,我们必须再次强调,千万不要一知半解就埋头苦干,到头来力没少出、活没少干,忙得死去活来,却落得事倍功半,甚至前功尽弃。**要清楚理解一件事,胜过草率盲目做十件事**。拥有理解力,将能让你在生活和职场中能做到事半功倍。

第一部　激发内在的潜藏能量

1 判断力

西哲康德说过,判断力是一种天赋的能力,只能锻炼却没法教授。

在日常生活中的每分每秒里,不管发生什么事情,都必须在我们理智的思考下做出决策,如果没有准确的判断,就不可能获得满意的结果,而成败就在你的一念之间,这"一念"就是判断力。

多听、多想、多观察有助于在判断的过程中增加几分准确度,降低误判的几率。

《三国演义》里有段故事,叙述曹操行刺董卓不成,逃到成皋投靠世交吕伯奢。但生性多疑的曹操又怕被出卖,便想偷听吕伯奢谈话,没想到听见房间里传出说话声:"把他绑起来杀掉,如何?"曹操一听,以为主人要杀他,于是赶紧"先下手为强",一口气杀了吕府男女八人。后来曹操到厨房,发现一只被绑待宰的猪,才知道自己误杀好人,但憾事已无法挽回。

你是否也像多疑的曹操一样，常常一句话听进耳朵，就曲解其意，下错判断；当然也有可能，是听到的话本身就有问题。但是，有良好而正确的判断力确实是成功的最大因素，反之，错误的判断力则会令你一败涂地，前功尽弃。

◎成败在你一念之间

在日常生活中的每分每秒里，不管发生大小事情，都必须在我们理智的思考下做出决策，**如果没有准确的判断，就不可能获得满意的结果，而成败就在你的一念之间，这"一念"就是判断力。**

所谓判断力就是肯定或否定某种事物的存在，或者指明某事物是否具有某属性的一种能力。它有助于你把握全局，并能深入且系统地分析问题和解决问题。判断力是一种利用已知资讯对未知结果做决定的能力，判断力也是一种对事物发展趋势进行方向性把握的能力。判断力有助于你在进行工作规划时，提高工作效率和准确度。

因为每个人都必须随时随地，为发生的事，迅速下正确的判断，或适当地做种种指示，所以 35 岁前还无法具备正确判断力的人就很难出类拔萃。虽然在例行事务方面，因为有前例可循，不至于暴露缺乏判断力的弱点。但是，如果事到临头，需要下判断决定时，那可就会马脚尽露了。

我曾经旁听过一堂新闻采访课，授课教授准备了很多资料，口若悬河地足足讲了快 80 分钟。课堂结束后，教授突然要我们拿出纸笔，规定在短短 20 分钟内写出 600 字的采访稿，题材就是刚才所谈的，取材的角度由各人决定。

20 分钟到了，包括旁听的学生共 90 位，交了 90 份不同的稿子，有的人写得很完整，有的没写完，有的写得扼要精彩，有的写得支离破碎。

教授把稿子粗略看了看，选出几篇较理想的，读给大家听。听过后，大家不免暗自心想：我为什么没有想到这样写呢？

但教授最后下的结论是，**要在很短时间内写篇好文章，就必须要有良好的组织力和判断力，有了组织力才能够去芜存菁，有了判断力便会找到重点。**

当时的我牢牢记住这段话。岂止是写文章，做人做事不也需要良好的组织力和判断力。

日常生活中的每分每秒，不管发生或大或小的事情，都必须在我们理智的思考下做出决策，如果没有准确的判断，无法制订巧妙的取胜方式，就不可能获得满意的结果。一个有准确迅速而坚决判断力的人，其发展机会要比那些犹豫不决、模棱两可的人多得多。所以，请尽快抛弃那种迟疑不决、左右思量的不良习惯吧！这种不良的习惯会使你丧失一切原有的主张，会无谓地消耗你的所有精力。

但这往往是未到 35 岁的年轻人，最容易出现的情况。明明已经详细计划，考虑确定过了，但遇到事情时，有些人仍然畏首畏尾、瞻前顾后而不敢采取行动，还要重新考虑，去征求各处的意见，东看西瞧，左思右量，翻来覆去，没有决断。最后，脑子里各种念头越来越多，对自己的决定就越来越没有信心，没有把握。后果就是，精力逐渐耗尽，终于陷入完全失败的境地。

我从前的老板曾说，身为一个部属就算没有办法做有把握的判断，也

必须做到一件事,就是拟定各种可能、分析各种状况提供给主管或老板做决定,而从老板的决定中学习如何做判断。

我们要具备正确的判断力,才会做对的抉择。一个人不是生下来就会判断,他需要通过学习,才能够形成判断力,才能下对的判断。判断力取决于他的理智、智慧。假如没有智慧,没有理智,就有可能会意气用事。俗话说"后悔莫及",后悔都是要到后面才来悔,这就是因为做错抉择、下错判断。那么一个人何时能具备理智?理智要学多久呢?套句老话:活到老学到老。但是理智要愈早建立愈好,这样你的人生才会下对重要的判断。

如果你希望在人生道路上取得成功,就一定要有坚决的意志,不可染上优柔寡断、迟疑不决的恶习。在职场工作之前,必须要确信自己已经打定主意,即使遇到任何困难与挫折,或犯了一些错误,也不可有退却的念头。因为我们在处理事情时,应该事先就仔细分析思考,对事情本身和环境做正确的判断,然后定决策。而一旦决定做出之后,就不要再对事情和决策发生怀疑和顾虑,也不要管别人说三道四,只要全力以赴地去做就对了。

头脑清晰、判断力强的人,一定都会有自己坚定的主张,他们决不会处于徘徊当中,或是一遇挫折便赌气退出,使自己前功尽弃。只要做出决策、计划好事情,他们一定勇往直前。因为这样,所以他们能成功。

◎ 如何锻炼判断力?

西哲康德说过,判断力是一种天赋的能力,只能锻炼却没法教授。

既然无法教授,那你该怎样锻炼自己的判断力呢?我想首先就是要有主见,这和一个人的个性有关,没有主见主要有几个原因:如果你比较软弱,不够自信就容易受别人干扰;如果你不愿意思考问题,老想依赖别人,当然就没有自己的见解;老是想让事情完美,结果担忧这担忧那,就会想听从别人的意见,但是意见太多,你就会丧失自己的判断力;也有可能你的经验不够,怕做错误的判断。

因此,针对上面的原因,你要各个击破,你要学会自信。自信是一种态度,也是一种内心修为。你要认识自己,看见自己的优点所在。要学会确定处理事情的原则,再去听取别人的意见,在别人发表意见时,自己也要先说出自己的主张。那么你就会发现,其实,你是有主见的。

当然你还要多思考。**主见就是一个人思考的结果,没有思考的过程,就不会提出自己的观点**。你也要学会抓住事物的主要矛盾。解决问题不能老想着面面俱到,学会抓出主要矛盾,先去解决主要矛盾,其他事情就很容易处理了。

想要判断准确,就要能够理解事物的原理或本质;当然,你也可以凭借丰富的经验来进行判断。所以我认为你还应该在两方面下功夫,那就是多经历、多学习。

有些人一辈子聪明伶俐,在所有的判断中从不吃亏,但最后往往发现,自己已经被对手远远抛下,因为他一直在关注同一个层面的判断。所以有时候你也得拉高层面来看待事情,只有看得较高较远,才能做出最正确的判断。在政治和军事的较量中,更是如此。就像美国和越南的战争,美国几乎赢得所有战斗,但是输掉的却是整个战争。

抛一个硬币,正反的机会各半,如果你只是为判断正面还是反面,而苦苦思索,那么想破脑袋也不会有定论,但这却是大多数人日常烦恼的主要来源。这时,如何判断远比判断什么更重要,因为从长远来看,任何判断都是对的。尤其对那些所谓的判断,"随便选一个"才是真谛所在。很多时候最终的结果,根本不是你选出来的,而是你判断以后做出来的。

所以让自己拥有良好的判断力是越早越好,只要事先多听、多想、多观察就有助于你在判断的过程中增加几分准确度,降低误判的几率。如此便能帮你迈向成功之路。

第一部　激发内在的潜藏能量

2 鉴赏力

鉴赏力的养成绝对是越早越好，因为它会从小开始影响你的一切。

"心"经济时代已经来临，对美的要求已成为现代人的必修学分，而对美的定义不应只是局限于视觉单方面，也应包含听觉的美。35 岁前你必须拥有对美的鉴赏力，放慢你的脚步，以用心、开心、关心，这三"心"去细细地感受生活，你将发现它不仅悄悄增加你的竞争力，更会改变你的人生。

从 1976 年的苹果一号、麦金塔、iMac、iPod，到最近发表的 iPhone，苹果电脑借着独特的"苹果美学"，写下了 30 年的苹果传奇。直到近几年，人们才开始觉察到美学对企业那无远弗届的持续创新力量。

其实这表示"心"经济时代已经来临，对美的要求已成为现代人的必修学分。不过，目前的台湾虽然社会富裕、追逐时尚，但是我们的社会文化却因为缺乏对"美"元素的重视，在建筑、生活方式与品质的思考上，随着

国际间的交流频繁与启发,逐渐呈现无法再隐藏及缺漏的一面。

对此,有识之士开始想要挽救台湾所处的劣势,政治大学科管所教授李仁芳便在采访数十位设计师后,得出一个结论,那就是"鉴赏力救台湾"!虽然台湾近年来才开始重视创意生活,不过,李仁芳认为,台湾还是个很有创意的地方,苗栗的华陶窑,西门町青少年的创意打扮等,都是创意的表现。他相信台湾人的审美情趣会越来越高,而这一切都得从你我拥有鉴赏力开始做起。

◎美,充满你我的生活

只要你对某些特定的事物有着自己的鉴别、赏析、评价之道,都可以说你拥有对这些事物的鉴赏力。鉴赏,可以说是广泛地存在我们生活的每个角落。生活中美好的事物很多,关键是我们有没有发现美的眼睛,拥有鉴赏力,我们的生活就能更加五彩缤纷。

"美"是滋养生命的大补贴,"艺术"则是提升性灵的威而刚。对美的定义不应只是局限于视觉单方面,也应包含听觉的美。35岁前你**必须拥有对美的鉴赏力,放慢你的脚步,以用心、开心、关心,这三"心"去细细地感受生活,你将发现它不仅悄悄增加你的竞争力,更会改变你的人生**。

但这却不是三言两语就可以表达的。爱因斯坦就曾经说过,他当然可以用方程式,分析出全世界的音符接下来的一小节可能会出现的变化,再用科学的方式读取,但他绝对不愿意这么做,因为如果这样,艺术就会失去人性化,也会失去存在的独特性。

对美的鉴赏力并不是完全与生俱来的,有时可以靠后天学习获得。35

岁前的你,正值人生学习的黄金时期,对于鉴赏力的培养刻不容缓。

倘若有个人,他已到了"而立",甚至"不惑"的年纪,却对任何事情都没有特殊的感想,没有意愿或能力去欣赏、去说出自己的见解,那他的人生将会是多么的乏味啊!所谓花不可无蝶,山不可无泉,石不可无苔,水不可无藻,乔木不可无藤萝,人不可无癖。只要有"癖",稍微花点心思在上面,你就能自信满满地说你有这方面的鉴赏力。这不仅能丰富自己的生活,还能使你结交更多志同道合的朋友,在与人交流时也多了些许话题。

◎拥有鉴赏力=职场成功

在这个品牌当道的时代里,有谁不希望自己的品牌脱颖而出。为何精品会流行,就是因为人们想要具有美感的商品,因为每个人心里对于"美"及"美好"的事物仍有渴望。所以只要你懂得鉴赏,懂得加入美感的元素,保证就能让你比别人多一份优势,多一点利基。而一个领导者或是具有行动力的人,如果在鉴赏力方面具有优势,则在其领导魅力,深沉思考力上都会有卓越的表现。

鉴赏力的确立,正是职场成功的秘诀之一。对于美的鉴赏力,正好可以和近年来一个热门的话题相结合,那就是乐活、慢活。SONY 创办人盛田昭夫是到老年才开始培养对艺术运动的鉴赏力,所以他 60 岁打网球,65 岁滑雪,70 岁潜水。但是在这段期间,他带领 SONY 奠定了全球化企业的基础。

美国生物医学界最具影响力的两位诺贝尔奖得主,一位是美国国家卫生研究院前院长、现任史隆凯特灵癌症中心主任的瓦姆斯,他在大学时

主修的是哲学与英国文学。另一位加州理工学院的校长巴尔西诺,则是终身喜好古典音乐、摄影与现代文学。

他们都是靠着建立对美的鉴赏力,并与自己的本业相得益彰,进而创出亮眼的成绩单。而培养对美的鉴赏是急不来的,反而应该学习慢下来。正如创意总监林文嫒所说,美涵盖在所有的事物里,无论做什么都真心真意,自然就是美,外在的包装不是美,唯有懂得慢慢欣赏丰富内心所散发出的美,才动人!

那么究竟怎样才能提高鉴赏力呢?

提升鉴赏力,除了在正式教育体系中受教之外,还要多看、多读,只是很可惜,在教育体系中,很难学到对美的鉴赏力,尤其是在有升学压力时,美术、音乐课往往被挪为它用,这也难怪台湾在基础美学的建立方面,还有很多欠缺。在刚刚有提到要多看、多读,其实看,就是要亲身体会;读,就是要深入了解。一面看一面读是迅速提升鉴赏力的良方。虽然文化修养的提高是个漫长的过程,但鉴赏力的形成不也正是一个日积月累的过程吗?

首先,我们可以**积极参加对美的鉴赏活动,以提高辨别美丑的能力,更好地发现美、认识美、理解美、创造美**。对于鉴赏力还不够高的人来说,首先要通过对美的鉴赏来掌握正确的审美标准,从而在审美享受中逐步增强辨别美与丑的能力,以形成良好的艺术情趣和鉴赏力。

就像歌德所说的,"鉴赏力不是靠欣赏中等作品,而是要靠欣赏最好的作品才能培育成。所以我们只让你看最好的作品,并在最好的作品中打下稳固的基础,这样你就有衡量其他作品的标准。"

其次，**要培养反思的习惯**。在欣赏文艺作品时，你是否常常被作品感动，随着里面的人物或喜或悲，看完后却只是简单笼统地表示"好"或"不好"，这说明你还仅仅处于被动的接受阶段，并没有鉴赏的意味。

如果在欣赏的同时，还能深入地想想：读者为什么会被打动；作者这样的描写有没有完全表达所要表达的感情、意义？通过文字去接触作者的所见所感，才能真正接近鉴赏的范围。如果你也能对自己所从事的工作，道出"好"与"不好"的理由，能够说出为什么会发生这种事情，它的影响是什么，那么你就开始走上专业鉴赏的道路了。

在学校的时候，师长们大多只鼓励我们多求学问，而忽略了培养鉴赏力，似乎只要把学识填满脑中，学问便能造成一个成功的人，但事实往往证明不是如此。既然求学阶段我们没有多培养自己的鉴赏力，现在就更要奋起直追。生活中涉及的任何事物，只要在欣赏、参与时，多提几个 HOW和 WHY，你就踏上了鉴赏之路。

然后，**我们要知道何所爱何所恶，拥有独立的判断力**。有教养的人不一定博学，但是一定知道何所爱何所恶。我们周围一定有一些人，他们心里塞满各式各样的资讯，对于音乐绘画、建筑设计、文学等都有所了解，可是他们却没有自己的观点。他们有广博的学问，可是缺乏鉴赏力，到头来这些都是死物。

人必须能够寻根究底，不受任何所谓学者的"专家言论"左右，才能具有独立的判断力，才能具有真正的鉴赏力。如果我们自己都放弃了个人判断的权利，不知道什么是自己所爱自己所恶，那么何来鉴赏呢？

最后，**我们要尽量摆脱千篇一律的公式，用自己的经验、情感、生活理念去寻求对美的解读**。这可以说是判断力的细化。不要指望艺术鉴赏有标

准答案,不要指望有固定的模式来求得对作品的正解。

"作者"和"读者"共同创造了作品,但欣赏的过程最终还是要由"读者"来完成。传统的"借由什么,说明什么,反映什么,歌颂什么"的思路应该被摒弃。你要学会自己去欣赏事物,要学会自己问它"为什么"。鉴赏美就是一种再创造过程。而再创造的基础一是美本身,一就是你自己的生活经验、情感态度和生活理念。

当我在 MSN 中和玉红及美加讨论鉴赏力这个议题时,玉红突然问我喜不喜李安导的《色戒》,我直接就说不喜欢,但美加说他在日本也听说了这部得到电影大奖的电影,并问我为何不喜欢,玉红甚至借题发挥说我没有鉴赏力。其实我们针对这个话题最少谈论了两个小时,最后的结论就是"不喜欢并非否定它的好坏,也并非没有鉴赏力,人对任何事物都有不同的评价,即使是一个大家都认为美好的事物,重点是你是否能提出自己的看法。"

当一个人拥有鉴赏力的时候,就意味着他已经习惯反思在生活、工作中遇到的事情,并尝试着解释且寻找答案。他能够对某些绘画、电影、文学作品、音乐、戏剧等做出自己的判断,而不会追随别人的思维来看待事物。他清楚的知道自己喜欢什么、不喜欢什么,为什么喜欢、为什么不喜欢。而且,闲暇之余,他努力培养自己的兴趣,提高对艺术的情趣。因为美,无处不在;美,无所不能,生活中一定有自己热爱及向往的事情。

总之,35 岁前,如果你能拥有鉴赏力,懂得用欣赏的眼光、积极的生活态度来面对这个世界。并且无论工作或生活,都能保持这种心态,融入其中,感受种种乐趣。就不会再有"感兴趣的东西很少,自己是不会工作,也不会生活"的消极想法,也才能真正享受到美所带给你的丰富多彩的人生。

第一部　激发内在的潜藏能量

3 成长力

社会不停的进步，人也必须成长，而人要成长是需要学习的。35 岁前的你必须不断地学习，让自我成长，才能跟得上时代的脚步。一旦你欠缺追求成长的企图心，将不见容于现代社会，成为边缘人。当然，"成长"也已不再是一般认知的那么浮面，而是应该更加务实。只要追求成长的方向正确，就能让你的成功不再是梦。

现在已经进入知识经济和网络经济的时代，知识资本已经成为企业成长和竞争最根本的依托。全球化和网络化改变了市场的游戏规则，所以随着社会不停的进步，人也必须成长，而人的成长是需要学习的。35 岁前的你必须不断地学习，让自我成长，才能跟得上时代的脚步。

一旦你欠缺追求成长的企图心，将不见容于现代社会，成为边缘人。当然，"成长"也已不再是一般认知的那么浮面，而是应该更加务实。只要追求成长的方向正确，就能让你的成功不再是梦。

成长力,简而言之就是必须拥有核心竞争力、自主创新力和持续发展力。而这些都必须要有学习力作为基础。学习力直接决定人学习的成效。当今社会就是要看你是否有能力比竞争对手学习得更快。不管你从前多么辉煌,昨天多么优秀,一旦停止学习,也就意味着将停止成长,因此你很快就会被时代变迁的巨轮所辗过。所以你不但要学,而且要学得更快,还要终生学习,如此你才能借由你的成长力在职场或社会上保持竞争力。

◎密集安打堆砌出卓越成长力

自从"台湾之光"王建民在美国大联盟发光之后,大家似乎对棒球就有股狂热。而懂棒球的人都知道,全垒打就像篮球的灌篮一样,最能激赏人心。大家都很期待球赛里有全垒打的出现,但是也都知道:**与其等待全垒打,不如靠着多击出几支安打,把跑者稳定地送回本垒得分比较实在。**

因此,全球畅销企管书《执行力》的作者夏蓝(Ram Charan)便就此提出,企业在追求获利成长时的错误心态。很多企业往往把获利成长视为"一棒挥出全垒打墙外",总是期待能有大幅增加业绩的创新产品、商业模式或是重大并购,但也因此备感挫折,常常"挥棒落空"。其实,从流程改善、挖掘客户需求、建立创新文化,让成长变成习惯,"持续挥出获利安打",才是企业维持"成长"的正道。

白手起家,创立王品集团的戴胜益,为了维持企业成长力,想出一个"三十年推出三十个品牌、开一万家店"的"醒狮团计划",就是让企业能够"有效成长"的最佳佐例。

同样的,个人在追求成长的历程中,太过追求超常规、跨越式的成长,就免不了要经历成长的烦恼。只有稳步地借由多方学习,锁定一个方向渐渐成长,才是真正的成长之道。

想要拥有成长力,除了学习之外,还必须拥有包括自制力、自信心、学习兴趣等特质。

◎成长力必须有自制力支撑

自制力就是自我控制的能力。也就是一个人能够对自己的思想感情和行为举止全盘掌握。自制力弱的人,对于自己确立的目标也常常不能坚持到底,做事容易情绪化,朝三暮四,高兴就做,不高兴就扔在一边,三天打鱼两天晒网,丝毫没有计划和耐性。

当面对外界诱惑时,最有力的支柱应该就是自己。内心坚定的自制力是抵御引诱的有力武器,它使人从无能为力的受惑状态中解脱出来,恢复对自身的控制,重新做自己的主宰。在学习成长的过程中,自制力尤为重要。只有这样,我们才能坚定不移,克服一切困难地学习。

◎充分自信加速实现理想

什么是自信心呢?简单地说就是相信自己一定能够做成某件事的心理。自信心是积极主动地表达自我价值、自我理解的内在情感。自信心对我们都有着重要的作用。自信心强的人,会坚定自己的信念,为达到目标而不懈努力;在与人的交往中,能豁达地表达自己,不会因失败而抛弃自己的信念。自信心是取得成功的金钥匙。所以,充满了自信心,学习便成功

了一半。但在实际生活中,我们的自信心却无时不被消磨,这就需要我们随时注意增强自己的自信心。

如果你认为自己有一堆缺点;如果你自认是笨拙的人,是经常面临不幸的人;如果你承认自己绝不可能成功,那么,你只会因为自我贬低而失败。

低劣、平庸的自我贬低所产生的力量,远没有伟大、崇高的自我肯定所产生的力量强大。如果你对自己有了伟大、崇高的评价,那么,你身上的所有力量就会紧密团结起来,帮助你实现理想,因为精力总是跟随你确定的理想走。

信心能极大鼓舞一个人的斗志,激发一个人的潜能。你的信心越大,离成功的日子就越近。

◎兴趣激起积极性

兴趣是人们努力认识某种事物或从事某种活动的倾向。兴趣可以使人容易集中注意力,并产生愉快、紧张、积极的心理体验。这对人的认识和实践活动有着非常积极的影响,可以使人提高工作的品质和效果。对学习的浓厚兴趣,可以激起学习的积极性,推动自身努力取得好成绩,而获得好的情感体验。

◎在困境中挑战自我

被称为"世界最伟大的推销员"乔·吉拉德就是经过挑战自我的过程,

才有今天的成就。乔·吉拉德于 1929 年出生在美国贫民区，从他懂事起就开始为了生存而从事各种工作。他做过擦鞋童、送报生、洗碗工、送货员、电炉装配工和建筑承包商等。可以说在 35 岁以前，他的事业一路坎坷，是一个全盘的失败者，不仅仅朋友离他而去，还有一身债务困扰，就连家中妻儿的吃喝都成了问题。

换过四十多个工作的他仍然一事无成。最后，他卖掉汽车，开始推销生涯。

虽然一开始吉拉德对推销工作并不熟悉，但他总是反复对自己说："你认为自己行就一定行。"这成了他的口头禅。正是他的这种"相信自己一定能做得到"的勇气，让他走出第一步。每拜访一个顾客，他总是恭敬地递出名片，不管街上还是商店，他抓住一切机会，推销产品。

正是因为他不懈的努力、不看轻自己的心态及那种一定能够胜任工作的精神，使他在短短三年内就创下纪录，并被誉为"世界上最伟大的推销员"。

◎永保进取心

哲学家艾伯特·胡巴特对"进取心"下了这样的定义："这个世界愿颁个大奖给'进取心'，包括金钱与荣誉。什么是进取心？我告诉你，那就是主动去做应该做的事情。仅次于主动去做应该做的事情的，就是当有人告诉你怎么做时，要立刻去做。更次等的人，只在被人从后面踢时，才会去做他应该做的事，这种人大半辈子都在辛苦工作，却又抱怨运气不佳。最后还有更糟的一种人，这种人根本不会去做他应该做的事，即使有人跑过来向他示范怎样做,并留下来陪着他做,他也不会去做。他大部分时间都在失业中,因此,易遭人轻视,除非他有个有钱的老爸。但如果是这个情形,命运之神也会拿着一根大木棍躲在街头转角处,耐心地等待着。"

积极进取是一种人生态度,更是一种做事方法。积极进取主要强调每个人对自我的正确认识、对周边环境的正确对待、对人生道路的信心和希望。在职场上,你常可以看到有进取心的人,他们忙进忙出,他们会热情跟同事打招呼,精神抖擞,积极乐观。他们总是积极寻找解决问题的办法,即使受到挫折也是如此。同事们总喜欢跟他们在一起,就算整天忙忙碌碌的工作,也能享受着工作的乐趣。

我们一定要将追求成长当成一种习惯,一旦养成习惯后,你就会不停的成长,因为当你拥有追求成长的企图心之后,就算你目前的能力不是很强,也一定能持续且稳定的进步。但是当你欠缺追求成长的企图心,那么你将不见容于这个现代社会。一个具有不断学习、自制力、自信心等特质的人,往往比一个具有卓越才能但不思成长的人所取得的成就大得多。35岁前让自己务实地拥有进取心及成长力,将让你的成功不再是梦想。

第二部
决定事业成功的关键

M 型社会的来临，
导致现在的职场也有走向 M 型化的趋势，
你如果还不设法往高阶的智慧型人才靠拢，
就注定要沦落到低阶的高劳力。

在 M 型职场里，
想要成功除了专业能力之外，
你还得具备即战力、执行力、
语言力、协调力、领导力……
这些都将强化你的职场竞争力，
更是决定你能否成功的关键。

第二部　决定事业成功的关键

14 即战力

趋势大师大前研一说:"即使在一个陌生的环境，也能够冷静地透视环境的条件,并做出正确的判断和决策,便是即战力。"

想成为企业争相邀聘的人才、做个人人称羡的职场赢家就一定需要具备即战力，但即战力的养成却必须经过长时间的累积,就算你已具备本书所列举的几种能力,也不一定能满足所有企业的需求。

在这个资讯迅速流通的社会，你所面对的职场竞争将不再是与你同文同种的同胞,而是大批国际人才的涌入。此时,你所需要的就是能够与其竞争的即战力。

什么是即战力呢?趋势大师大前研一说:"即使在一个陌生的环境,也能够冷静地透视环境的条件,并做出正确的判断和决策,便是即战力。"

他认为,松下幸之助、比尔·盖茨、本田宗一郎等世界级经营者,都是在

30岁时就能抓住潮流,打造成功基础的企业家。因此,真正的精英,应该都要能在30岁时展露才华,占有业界一席之地。这些企业领袖们掌握成功的秘诀无他:就是即战力。也就是说,**想成为企业争相邀聘的人才、做个人人称羡的职场赢家就一定要具备即战力。**

◎大前研一的即战力

在大前研一的书中明白指出,这个世代的青年所需要的即战力是同时拥有语言力、财务力和解决问题的能力,还有使用资讯科技的能力,并且必须保持终生学习的战斗姿态,认知且设定每一阶段的学习目标,及早设计自己的人生。现将即战力分别叙述如下:

练就语言力。拥有一口流利的外语,就能轻松立足无国界经济圈,而目前最具市场价值语言的,就是英语,最有潜力的,就是中文。

磨炼财务力。培养运用金钱的概念,才能在这微利时代,掌管自己的财产,积极投资晋升经营高手,利用投资的方式,增加自己的财产。

钻研问题解决力。面对不同问题,只根据过去成功的经验,或凭直觉行事,很容易用错方法而失败。只有训练逻辑思考,发现问题,验证探讨解决方式,不厌其烦,静心正确思考,有效解决问题,才能成为企业最需要的人才。

学会好的学习方法。自己思考答案比直接知道答案更重要,每年选定学习主题,事先搜集相关资料,再赴现场实地验证,整理分析一手资料,并用自己的观点去思考,便能在适当机会展示成果。

练就会议技术。会议是各种立论交锋的知识战场，通过言语讨论，能彻底探讨问题的核心，所以要有巧妙引导对手吐出有用资讯的咨询力，更要有能一语道破对方破绽及错误资讯的逼问力，以及利用正确资讯，重新组合后提出新观点的说服力。

设计自己的人生。这是个充斥各种资讯，没有正确答案的网际网络时代。不喜欢自己去思考，只想模仿别人的做法和秘诀，却又做得半调子，将注定失败。请放弃被国家、公司或别人保护的想法，及早设计未来的人生目标，磨练自己的即战力，随时找寻上场的机会，方能享受自己设计的人生。

当然即战力的养成，涵括范围很广，大前研一所提到的只是大范围，其实是否真正符合你需求，还是因人而异。就像现在这个社会，学历与即战力孰轻孰重的话题已经成为焦点。事实上，在工作中，不管是学历也好，即战力也罢，都应该排在学习力之后，因为**只有不断地学习，才能提升你的即战力**。

在职场上，我们可以看到形形色色的人，每个人都有自己的工作态度。有的勤勉进取；有的悠闲自在；有的得过且过。此时，工作态度就决定了即战力。**我不能保证你具有某种态度就一定能成功，但是成功的人肯定都有一些相同的态度**。

在美丽的非洲大草原上，同时生活着羚羊和狮子。羚羊每天一早醒来，就在思考，如何跑得更快一些，才能不被狮子吃掉；同样的，狮子每天一早醒来，也在思考如何能比跑得最慢的羚羊更快一些，才不会饿死，可见为了生存，虽然即使是不同生物，目标却都是一样。这便告诉我们，工作、生活就是这样，不论你是羚羊还是狮子，每当太阳升起的时候，就要毫不迟疑地迎着朝阳向前奔跑！

任何一家公司都需要积极进取的员工,因为公司需要长远发展。不管你在哪个地方工作,都要有好的工作态度。因为你的工作态度正是一种即战力,一种比技术知识更重要的即战力。

◎如何学习培植即战力?

那么我们应该如何在工作中,培植自己的即战力呢?

1.学会发展

我们正处在一个不断变革与发展的新时代,科学技术日新月异,新的资讯不断产生,稍有放松和懈怠就会落伍。所谓学会发展,其实就是要不断创新,不断扩充自己的知识。不少专家认为一个人的一生需要终身学习。可见知识是学之不尽,用之不完的。

2.学会学习和总结

工作中遇到的问题,书本上是无法直接找到答案的,我们可以经常对工作过程进行回顾:当初是怎么想的,为什么会这么想,错在哪里?怎么纠正? 如此这般长久磨练必能提升即战力。

3.学会利用时间

常常听有人抱怨时间不够,似乎如果有更多的时间,他们就会做得更好。但事实上,每个人每天都拥有同样的时间,二者的根本差别在于如何有效利用时间,以及巧妙安排自己的事务。每个人都有过这样的感觉:自己一直很努力、很忙碌地工作,并没有将时间浪费在下午茶上,然而每每

遇到需要解决的问题,时间因素仍然会成为最大的障碍,为什么我的时间总不够用?

一个初涉职场的年轻人,整天电话铃声不断,客户、上司及其他人际关系搞得他焦头烂额,疲于应付,工作效率很低。直到有人教他:最紧急的直接解决,不太紧急的可以先把问题记下,集中到某一时间逐个解决。这个小技巧果然节省他不少时间,使他工作起来更加从容。

4.学会换立场思考

经常把自己放在客户或主管的位置考虑一下问题,想想碰到同样的事情他们会怎么样,如此一换立场就会更理性地完成自己的工作,同时让对方很满意。

5.永远不要说 NO

人的一生,会遇到成功,也会遇到失败,当遇到挫折或失败时,你千万不要泄气,更不要对自己说"我不行"或"我不能"之类的话。因为,一个人如果做事总是"前怕狼,后怕虎",没有冲劲,那终将一事无成。没有克服不了的困难,只是还没找到适合的方法。要相信自己的能力,敢于向困难、向失败挑战,这样才能成功。

6.学会做人

学会立身处世,正确地处理好人际关系,才能化解人际关系中给工作带来阻力的各种负面因素。并能自如地改善日常生活的氛围,调节紧张压抑的心境,以泰然处之的心态对待成功与失败。

7.学会合作

无论从事什么工作,都必须依靠群体的力量共同努力才能完成,部门之间的合作,不同单位之间的合作,部门成员间的合作都是要学习的内容,所以必须不断加强团队精神意识。

8.学会关心

"人人为我,我为人人",它点出了个人和群体之间密不可分的关系。也说明任何人都不可能离开社会群体而独立生活与生存,因此工作中不忘关心别人是你必须学会的。

如今,高学历、高失业的现象越来越明显,想要找一份工作已经越来越难。随着科学技术的不断发展,海外精英人才的大量涌入,竞争只会越来越激烈,工作机会也将越来越少。有学者就指出:我们已进入充分就业的良性劳动力供需状态。所谓充分就业就是指,劳动力市场保持一定的失业率。这便告诉我们,不是每个人都能拥有工作,所以35岁前你必须提高你的即战力,才能在职场上谋得一席之地。

尤其是M型社会现象的提早来临,原本安定的中产阶级,也在快速消失中,如果你已经有工作,那更不可轻忽。因为M型两端高、中间落陷,意味着中产阶段极度流失,贫富落差加大,如果你不能及时提高你的即战力,那么将注定向贫、穷的那端靠拢。但即战力的养成却必须经过长时间的累积,就算你已具备本书所列举的几种能力,也不一定能满足所有企业的需求。不过,如果不具备,那就万万无法满足现代职场需求,与其将来后悔怨叹,不如现在赶紧加强拥有。你说是吗?

第二部　决定事业成功的关键

15 执行力

经济学家约翰·凯曾说："竞争的优势,并不在于你知道如何做好事情,而是你是否具备做好这些事情的执行力。"

　　一个计划最怕在执行的过程中偷斤减两,尤其是在遇到困难时,因此贯彻初衷的执行力更显得重要。坐而言不如起而行,忽视执行力的重要,往往会让梦想只是空想。

　　从前有两个和尚想去普陀山朝圣,富和尚的做法是开始存钱,然后幻想启程的吉日,穷和尚则在发愿的当天就启程,他沿途化缘一步接着一步地走到普陀山,完成自己这辈子的心愿。当穷和尚又以每天万步的方式走回家乡时,富和尚却依旧是一步也没有跨出去。

　　经济学家约翰·凯曾说:**"竞争的优势,并不在于你知道如何做好事情,而是你是否具备做好这些事情的执行力。"**空转梦想可说是许多人的通病,他们在头脑中精算着未来的大方向,可是对于如何在每天的工作当中实现策略,反而缺乏实作实干的执行力,这类人就像富和尚一样的无能,他们忽略滴水穿石的力量,让自己的竞争力一天天流失,终于沦为社会的失败者。

你或许会问,什么是执行力?其实"执行"就是"做",不同的复杂程度,需要的做事能力也不同。这可以从两个不同层次去理解,一是个人执行力,另一个就是企业执行力。我们常常说的其实是指个人执行力。在工作中,个人执行力整体表现为"执行并完成任务"的能力,不同企业中的不同职位,要完成的任务也需要不同的具体能力。个人的执行力取决于本身是否拥有良好的工作方式与习惯,是否熟练掌握管人与管事的相关管理工具,是否有正确的工作思路与方法,是否是具有执行力的管理风格与性格特质等。

在 Honeywell 前董事长 Larry Bossidy 及知名企管顾问 Ram Charan 合著的《Execution》一书中,开宗明义第一句话便是,**"执行力就是竞争力。"** 尽管许多人拥有远大愿景,也怀抱平步青云的梦想,但最后总是沦为做白日梦,归咎其最主要原因便是缺乏执行力,而执行力不彰的根源则在于脑袋空有想法,却没有转化为成功的执行力,其结果当然就是没竞争力而遭到淘汰出局。

流川美加告诉我,他曾经遇到一个主管。刚上任时,就制定了一系列长、中、短期的规划。其中有很多可以说是当时很有行销眼光和市场前景的计划。但一年过去了,这些"伟大"的计划最终还是化为泡影。他拥有这个行业中最令人羡慕的团队、先进的管理手段和技术设备,但在与对手的竞争中,却不能取得优势。不久,他就黯然地被老板调离职务。

一个合理、有竞争力的计划为什么会失败呢?其实最大的原因就在于它们没有被很好地执行。身为主管,他要为此承担绝大部分责任,也许他是怕做出错误判断,也许他是没有足够的能力去落实计划,但我认为他可

能是没有绝对的勇气去承担责任。我们要知道,一个人的成功,5%在战略,95%在执行。因此,35 岁前提高你的执行力就非常重要。

◎执行力说穿了,就看你有没有决心

一个计划最怕在执行的过程中偷斤减两,尤其是在遇到困难时,因此贯彻初衷的执行力更显得重要。坐而言不如起而行,忽视执行力的重要,往往会让梦想只是空想。

鸿海集团之所以能拥有今日的事业版图,其核心竞争力就是执行力,郭台铭过去常斥责部属说:**"没有执行力,怎么会有竞争力?而执行力说穿了,就看你有没有决心"**;联电荣誉副董宣明智亦曾针对鸿海的竞争力指出,鸿海在策略制定上有很多大家都忽略掉的创新之处,像是率先大规模到大陆投资设厂、强调快速服务(如一日 3 班开发模具)、锁定大客户(品质要求相对高),加上鸿海贯彻到底的执行力,遂成就鸿海今日的地位。

郭台铭更坦承自己并不是天才,顶多是个人才,但还得要有执行力才算数。他认为每个人每天都会有时间、品质、成本及业绩压力,如果没有压力就不是在工作,而是在玩耍。鸿海如此,郭台铭如此,当然你我更应该如此。

当然也有的人会当着老板的面卖力工作,而老板不在时就偷懒,也许,他们最初会得到老板的赞赏,但如果只有在别人注意时才好好表现,他们就永远都无法到达成功的顶峰。所以对自己一定要有最严格的标准,而不是等别人要求。如果你对自己的期望比老板对你的期许更高,那么你就无需担心失去工作。同样的,如果你能达到自己设定的最高标准,那么升迁晋级也指日可待。

所以**执行力除了会做还不够，还要充分发挥自动自发与责任心，在接受工作后尽一切努力把工作做好，这也是我们面对人生应有的态度**。生活在高速发展的现代社会，我们无时无刻都会接受一些新的挑战和挫折。在这些小风小浪面前，有人退却了，平庸一生，甚或怨天尤人；有人脱颖而出，成为执行力很强的能人。这一切，就在于面对生活、面对工作、面对人生的态度。"自动自发"就是可以帮你扫平一切挫折的积极人生态度。

此外，"细节决定成败"。在贯彻执行力的过程中，我们应该把做好工作当成义不容辞的责任，而不是负担，这也就要求我们要认真对待、注重细节，不能有半点马虎及虚假。

记得以前有一个口香糖的广告，我对广告中的台词"猫在钢琴上昏倒了"，印象特别深刻。它说的是人与人之间的传话，常常容易挂一漏万，最后导致前后有很大的差异。而同样的情况，也很容易发生在执行上。执行力如果无法落实，不注重执行的细节和精准度，在一层一层的执行交办中偷工减料，到最后往往只能达到标准的五六成，甚至是面目全非。而在这个讲究精确的现代社会，往往差一分就决定胜负，更别说差个三四成了。

所以执行上看不到细节，或者不把细节当一回事的人，永远只能做别人分配给他们做的工作，即便这样也不一定能把事情做好。而考虑到细节、注重细节的人，不仅能认真对待工作，将小事做细、做好，而且能在做事的细节中找到机会，从而使自己走上成功之路。

◎你应该落实执行力

那么 35 岁前你应该如何培养自己拥有执行力呢？我想可以用很精简的 3 部曲来阐述其精髓："**执行前的决心远比可能的成败重要，执行时的坚持远比可能的挫折重要，执行后的结果远比各种借口重要**"。若再深究其内涵便是："拥有正面积极态度的决心及坚持后，便可坦然接受其执行结果，但若聚焦在担心失败及面临挫折的负面消极态度，最后总是会找各种借口来搪塞其执行失败。"

想要提高执行力，就需要从多方面下功夫。职场就像是一个竞技运动场，爱拼才会赢。只有一直对工作充满激情，你才会充满动力，而渴望成功的激情正是提高个人执行力的动力来源。

首先，**良好的计划能力是提高执行力的有效保障**。古语云："凡事预则立，不预则废。"如果事先有好的计划，当遇到某些突发事件时，只需要将手头上的工作调整一下就可以，而不至于手忙脚乱，束手无策。有执行力的人总是会先为自己要做的工作做计划，他们能区分事情的轻重缓急，依照"重要且紧急"、"重要但不急"、"不重要但较急"、"不重要也不急"进行排序，从而让真正重要的事情优先得到处理。

其次，**要善于利用辅助工具**。"工欲善其事，必先利其器。"很多工具都是提高执行力的好帮手。例如，可以借助一些电脑软体来对手头工作进行合理的计划和提醒，这样就不会耽误重要的事情；可以随身携带一本备忘录，随时把看到、听到、想到的问题记录下来，然后依轻重缓急编排到工作日程里，这样就能把工作做得井井有条、疏而不漏等等。同时，还要避免自已被这些工具牵着走，做到有效运用，又不会被轻易干扰。

　　在这个竞争异常激烈的年代，我们或许学历没有别人高，家世背景没有别人雄厚，但是你也可以在职场上胜出，这全都靠你的工作态度，也可以说是你的执行力，**执行力将决定你的成就高度**。当你了解提升执行力的几个要点，又能坚持在日常工作和生活中认真做起，努力改变自己的一些不良习惯，相信你就能以你在执行上的绩效，为自己找到另一片天空！

第二部　决定事业成功的关键

16语言力

大前研一在《即战力》一书中提到,提升即战力的关键之一便是语言力。现代的人才竞争,就是精英对精英的竞赛,看的是相对程度;当你比别人进步慢,就形同退步。

　　跨语言与跨文化的能力是国际沟通的基本配备,更是国际竞争的必要条件。35 岁前,你应该让自己拥有语言力,而且光"好"已经不够,还必须"卓越"。如果你已经落人一步,更要加倍努力追上,因为若再迟疑,只会落后更多。

　　前面我们曾提到,35 岁前的你如果不想在职场上劳碌一生仍没没无闻,那么就得从现在开始掌握即战力。而趋势大师大前研一在《即战力》一书中就提到,提升即战力的关键之一便是语言力。但职场并不是语言力的战场,而应该说是一场人才竞争力的战争。因为现代的人才竞争,就是精英对精英的竞赛,看的是相对程度;当你比别人进步慢,就形同退步。

　　跨语言与跨文化的能力是国际沟通的基本配备,更是国际竞争的必要条件。大前研一就指出,菲律宾、印度等国家,就是掌握了目前的国际共通语言——英文,而增加了与世界接轨的契机,将原本靠劳力输出其他国家的态势,凭借着语言力,扭转为开始夺走其他国家的白领工作。

这个现象,现在也慢慢出现在你我周遭。你是否发现身旁有越来越多不同肤色的人,当国际舞台的人才竞争白热化,我们的语言力,却明显落后竞争者。尤其是英文这项作为国际市场最普遍的沟通语言,2005 年,台湾人的语言力成绩单,不仅在亚洲四小龙居末,更输给后来居上的中国大陆。

语言力不足,是个人竞争力的危机,也是企业竞争力的危机。我还在传播圈工作时,因为英文能力不好,只要遇到需要用英文和客户沟通的场合,就算我有满腹的创意,也是英雄无用武之地。所以在公司永远都是做到副理就升不上去,最后只能自嘲自己是"不动副理"。

所以在 35 岁前,你应该让自己拥有语言力,尤其是英文。在这个世界越来越平的社会,你想成为跨文化人才,就必须具备跨语言的沟通力,才能让自己有进步空间。而且光"好"已经不够,还必须"卓越"。如果你已经落人一步,更要加倍努力追上,因为若再迟疑,只会落后更多。

◎21 世纪的必备语言力——中文

当然,《即战力》中所指的语言力是拥有一口流利英语,能让你轻松立足于无国界经济圈。但是,现在的经济情势已慢慢地向亚洲倾斜,尤其是中国的崛起,让中文也开始受到国际重视。许多跨国企业的老板,都会在家中聘请华人保姆,就是想要培养家中子女拥有 21 世纪必备的外语能力——中文。

相较之下,我们就比欧美更具优势。所以 35 岁前的你,在加紧学习英文之余,可别忘了加强自己的中文能力,因为未来世界的中心在亚洲,而亚洲的中心在中国,学好中文将会是你有力的另一利器。

不过,现代人的生活越来越富变化,也越来越忙碌。人们交往的范围扩大,频率变快,沟通在人们建立和协调人际关系中占有越来越重要的位置。所以语言力的高低便会直接关系到一个人立世和处事的成败,更会是你行走社会和成就事业的必备护照!但是如果仅把语言力定义成会几种语言,似乎就太狭义了,也不符合 21 世纪的潮流,因此语言力在广义上来说,还应包括:

1.说服力

人们常说:"**人生,就是不间断的说服。**"为了达到共同的目标,大家必须同心协力,因此说服的机会更是俯拾皆是。在公司里,如果不对上司、同事或部下进行劝导或说服,工作就不易达成。在职场中,与其他部门之间的协调,说服能力是不可缺少的能力之一。很多事情,无论你多么勤奋,如果仅靠一个人的力量,最终将会一事无成。

说服,就是以求得对方的理解和行动支援为目的的谈话。但是,如果不主动出击,不积极与人交往,不向对方进行诱导,你就不可能得到他人的协助。因此,说服的关键,在于帮助对方产生自发的意志。因此,说服,不是为了使对方在理论上获得理解而进行的"解说",也不是迫使对方在无奈之下付诸行动。说服的最大特色,就是在于引起对方的兴趣与关注。如果单方面的想法强加在他人的头上,说服就不可能获得成功。

说服力是强化语言力的必备条件之一。它由说服者的人格、应变能力及谈话内容所蕴含的力量三要素组成。但这种才能一般来说不是与生俱来,需要多加练习方可应用自如。

2.幽默力

幽默是提升情绪生产力的重要武器,也是 EQ 高手必备的情绪装备。在一些令人尴尬的场合,适当的幽默感可以使气氛顿时变得轻松起来。幽默地批评下属,就不会使下属感到难堪。拥有幽默的语言力,能使公司造成轻松、愉快的气氛,促进与大家的思想、感情的交流,使他们更容易接受你的观点、主张和思想意图。

当然,幽默不是天生,完全是可以培养的。再呆板的人,只要自己努力都可以逐渐变得幽默起来。

3.演讲力

举凡成功的人都有很好的演讲能力。演讲的对象不一定是很多人,可能仅仅是自己的同事,而场所也不一定在演讲厅,很可能是就在办公室。演讲的意义并不局限于演讲本身,它可以改善你的表达能力、增强自信、提高反应力。这些都能使你在与同事交往、和客户沟通时游刃有余。

当然想要培养自己演讲能力,唯一可行的办法就是去讲。演讲最难的就是第一次,只要克服心理障碍,就没有什么困难了。

4.倾听力

你一定有过这样的经验,因受到委屈而愤愤不平的同事找你诉苦。你不需要做任何事,只需认真地听他倾诉,当他说完时,心情就会平静许多,你甚至不需提出任何建议,事情就解决了。这就是我们前面提过的倾听力,善于倾听有两大好处:一是让别人感觉你很谦虚,二是你会了解更多

的事情。

　　每个人都认为自己的声音是最重要的，并且许多人都想迫不及待表达自己的意见，在这种情况下，友善的倾听者自然会成为受欢迎的人。所以语言力的养成，除了说之外，还得懂得听。因为有来有往，才会与他人产生交集，才有良好互动。如果 35 岁前你还没有这能力，就应该立即去培养。方法很简单，只要牢记一点：当他人停止谈话前，绝不开口。

　　在人与人的相处中，口齿伶俐、口若悬河，并不一定是真正会说话的人。懂得说话以及怎么说，有助于培养你解决问题的能力，它不仅能帮助我们控制情感、计划将来、达到自我认知的目的，更能帮我们选择在未来的人生之路上将要扮演的角色。所以语言力是你必须拥有的一项重要能力，也是基本功。它将反映你的思维力、社交力，以及性格、风度等。不管是在职场上与人沟通或参加社交活动还是发表演讲或个别交谈等，这些都需要语言力。因此，在 35 岁前的你还能不开始培养和锻炼语言力吗？

第二部　决定事业成功的关键

7 谈判说服力

我们是生活在一个说服人或被人说服的世界。

买东西杀价、向女友求爱、争取订单、要求加薪…… 不论是生活或商务,想要得到你想要的利益,都得经由"谈判"来"说服"他人!其中的游戏规则就是:在退一步的妥协中,得到进一步的利益共享。谈判无时无刻不在发生,所以35岁前的你更应该拥有谈判说服力。

在这个越来越商业化的社会,个人、企业甚至是社会都需要行销。为了达到行销的目的,就要与他人进行沟通、交流、推销、介绍、协商、说服,而这其实就是谈判。我们可以说,谈判已无处不在。谈判就是一个说服的过程,说服别人赞同自己,从而减少阻力增加助力,提高成功的可能性。无论做人处事,无论团体个人,要想成功,谈判说服力不可或缺,连战略上的沟通、人际间的共识也都需要谈判说服力。

我们就是生活在这样一个说服人或被人说服的世界。而人生，**就是不间断的谈判和说服过程**。

买东西杀价、向女友求爱、争取订单、要求加薪…… 不论是生活或商务，想要得到你想要的利益，都得经由"谈判"来"说服"他人！其中的游戏规则就是：在退一步的妥协中，得到进一步的利益共享。谈判无时无刻不在发生，所以 35 岁前的你更应该拥有谈判说服力。

◎谈判说服力缔造双赢

在职场，谈判说服力非常重要，尤其当你是业务人员、房产经纪人，或者在公关顾问公司工作时，拥有谈判说服力，你才会取得客户的信任，购买你的产品，或者将形象塑造、产品行销计划交给你们公司负责。而在公司里，在部门与部门之间，往往有时也会因资源有限而造成利害冲突与观点对立，这时，你就需要一方面致力于充分的沟通，一方面也要与其他部门，与上司、同事、部属进行一系列的谈判说服工作。

我有个朋友小李是某医药公司的业务代表，之前一直在与某家医院洽谈一笔采购案，但是对方却迟迟没有签约的意愿。最近，当他正要前往高雄参加一场重要的研讨会时，就在登机前，他突然接到医院的电话，让他立刻去谈签约事项。当时他愣住了，该怎么回答呢？

如果他表示很高兴，愿意延迟班机赶紧签约，就显得他很在乎这个合约，这样就容易在谈判时被医院拉着鼻子走；但如果他表示自己正要去南部出差，要对方等自己从南部回来后再商议，则很可能破坏目前的合作关系，错失良机。

小李在慎重思考后,就先跟院方解释,自己正在准备登机,要去参加一个非常重要的会议。在取得院方的理解后,他进而建议院方说,先委托公司同事前往签订承诺书,好让相关的程序可以先进行,而重要的细节就等在他回来后再商议。最后,结果当然很圆满。

在这短短的几分钟内,由于小李充分发挥谈判说服能力,不仅没有失去主动权,反而通过委托他人签署承诺书而先抓住机会,既没有影响现有工作,也抓住了一个大客户。

"从最简单的地方着手去做艰巨而复杂的工作,才是正确而聪明的做法。"假如一开始利益冲突就非常明显,那么所要谈判说服的事就可能因而变得复杂,为了不使情况恶化,发生冲突的部分最好暂且搁下,改从双方存在共同利益的部分着手进行谈判。努力使小地方意见一致,从而引起对方的共鸣,缩短双方谈判的距离。或者设法在其他问题上取得共识,那么在双方对立的主要问题上,才有可能出现让步的征兆。

即使在日常生活,谈判说服力也同样重要。租屋、购物、出外旅游……它渗透在生活的每个角落。只有充分地发挥谈判说服力,才能为自己谋得最佳利益。但是常有人把说服力和伶牙利齿画上等号,也有人认为要说服别人,一定要长篇大论,洋洋洒洒,其实说服别人除了口才,更需要以诚服人,以理服人,以智服人。如果你用来作为谈判说服的依据本身就自相矛盾,或者你对它们的理解很肤浅,那么再怎么伶牙俐齿,也只是强词夺理,很难说服别人。而且,只要是有感情的人,如果你所说的不符合对方的"口味",就不可能得到对方的赞同,从而遭到对方的拒绝。

不论是工作中还是生活中,谈判说服的过程都像是一个斗智斗勇的过程。"除非是独自生活在荒岛上,否则只要有人的地方,总会有需要和人

谈判的时候。"卡耐基训练总经理黑立言有感而发。

其实我们无时无刻，都有可能和他人"发生关系"，与生活周遭有交集的人进行互动。无论是家人、朋友，或是同事、客户，这些人与人之间的互动交流，往往牵涉到彼此不同的意见和想法，所以需要通过沟通、协调和说服来缩短差距，所以人际之间的谈判可说是无所不谈、无所不在。

"就算是医生，有时也得和病人和病人家属谈判，说服他们接受建议的治疗方式，"黑立言举例说，"能了解、熟悉人与人之间的谈判过程和原理，并运用在各种场合，才能让人际的互动更顺畅。"

而在父亲黑幼龙的熏陶以及卡耐基训练下，黑立言对人际谈判说服之道更有着相当深入的观察与心得。在他看来，谈判说服的最首要工作就是关系的建立和维持。"会和你进行人际谈判的对象，通常都是你亲近或认识的人。"黑立言指出，"所以人际谈判有很大一部分是在和对方建立良好的关系，以形成谈判的良好基础。"黑立言更进一步指出，人际谈判特别需要追求双赢的关系。他认为，谈判说服时最坏的状况就是负负关系，双方都要跟对方拼了，最后就是两败俱伤。所以我们才会说，谈判说服的极致表现就是在退一步的妥协中，得到进一步的利益共享。唯有取得双方都能接受的条件，才能真正达到双赢。

◎谈判说服的技巧

在流川美加的眼中，谈判说服是个整合的力量，除了具备知识和技巧之外，更是一种创意思维的方式，以及乐观面对问题的精神。由于谈判是"人谈事"，因此事情的结果，端视人怎么看事情。大体来说，想要拥有最佳

的谈判说服力,不出以下几个技巧:

1.知己知彼

当你进行谈判时,要做一次"个人盘点"。你对这次谈判看法如何？如果你是急于进行,你就可能轻易弃守。如果你是不惜任何代价都要赢,你就会遭到对手的顽抗,并且损伤彼此的关系。

2.做好功课

在谈判之前先知道谈判对手是谁。他在谈判上的名声如何？通常是双赢还是零和方式？ 这个人是想要和你谈判(棘手)、畏惧谈判(不好了),还是一个中立的状况(要清楚)？

3.双重或三重思考

仅知道你要从谈判中得到什么是不够的。你也需要站在对手的角度知道他们要什么(双重思考)。聪明的谈判者甚至还要知道"对手认为你想要什么"(三重思考)。

4.建立信任

谈判是一个高度复杂的沟通形式。欠缺信任,就没有办法沟通,甚至会得到操弄和怀疑伪装的沟通。要赢得信任,就请兑现你的承诺,说出事实,并且保密。

5.听到弦外之音

大部分的人都经常在内心对话。当你和他人沟通的时候,对方内心的对话会变成你听不到的问题。当你谈判的时候,关掉你的内心声音,仔细聆听外部的声音,不要漏失掉重要的讯息,从音调或肢体表情等都可能听出言外之意。

6.移动前先站好立场

暴露自己的弱点是危险的。因此在谈判中一开始要陈述你的"立场",之后当信任更深化时,你和对手才可以经得起更诚恳的对话,并且能更清楚表明你的真实利益。发现对手的需求和利益是谈判者的职责,如果你能创造一个互信的气氛,你就会得到更诚恳的答案。

7.掌握你的权力

不要以为对方拥有职位上的权力,他就是万能的,其实这是在弃守你的权力!评估双方的力量来源,你就能平衡权力。即使有多种权力来源,也可以分为两类:内部力量和外部力量。前者是你个人的力量,也就是自尊、自信,这是没有人可以夺走的。外部力量则随着你的状况而波动。例如,如果你被资遣或降调,你就失去职位的力量。若新科技问世,你就失去你专家的力量。因为力量经常改变,谈判永远不死。要有耐心,权力的动向是会转变的。

8.知道你的最佳替代方案

最佳替代方案 (BATNA,Best Alternative to A Negotiated Agreement)来自哈佛谈判企划的谈判行为研究。也就是在进行谈判前要知道自己有什么或哪些替代方案。你可以中止谈判吗？每个选择的优缺点何在？

9.什么是赢

什么是你最佳和最糟的处境？中间就是你的妥协区(settlement

range)。如果你可以在妥协区内达成协议,那就是赢!绝对不要落到底线之外,否则事后你会对自己和这桩买卖感觉非常糟,并且难以遵照奉行。

10.享受过程

谈判是一个过程,而不是一个事件,是有步骤可以准备的,如创造谈判气氛、确认利益、选择过程和结果。经过练习,你就会对过程中的每个步骤更熟悉。当你的技巧增进后,你会发现谈判其实也可以很有趣。

总之,你要明白谈判是一场极其微妙的心理战。所谓谈判说服“力”,究竟是一种什么“力”?为了达到目的,运用某种方式来说服对方,使谈判朝有利于自己的方向进行,这就是谈判说服“力”。而“说服对方”则是其中关键所在。在谈判过程中,对方必然有所反应,如果反应于己不利,谈判便可能因此而破裂。所以,如何将对方的反应引导至你所期望的方向,就成了谈判中最重要的事了。 这就要你能够看穿对方的意图,并且迅速地做出有效的决定。

既然人生就是从不间断的谈判和说服,那么,尽早拥有谈判说服力就会尽早地在未来的人生游刃有余。如果35岁前的你还不确定自己是否拥有谈判说服力,请快快行动起来吧,掌握上面的原则和技巧,你就会欣喜地发现自己的进步。

第二部　决定事业成功的关键

18 协调力

现在的 M 型职场中，"专业"必须被赋予新定义，因为讲求团队合作时代已经来临，唯有懂得团队合作的人才谈得上专业。对 35 岁的你而言，拥有成熟的协调力，才能真正让团队合作的效能加倍，以体谅包容的思维面对冲突、化解冲突并超越障碍，形成务实有用的力量。

唯有通过协调力才能弥补一个人的不足，迅速提升职场竞争力！

平常只要有空的时候，我就会在儿子睡觉前，念床边故事给他听。记得有次看到一个关于天堂与地狱的故事。

一位临终了却不知道该去天堂还是地狱的人，被天使安排了天堂、地狱一日游。他先到了地狱，发现一切是如此的平静，居住环境优雅，餐厅的餐桌上都是山珍海味，但是人们却骨瘦如柴。后来他到了天堂，情况也跟地狱如出一辙，只是人们都是白白胖胖。

后来他发现，原来地狱餐厅里使用长得不像话的筷子，人们用餐时你争我夺，始终无法用筷子将食物送进自己口中，所以个个骨瘦如柴；但天堂的餐厅筷子和地狱一样长，但人们却懂得用长筷子将食物夹给对面人的口中，你喂我、我喂你，不亦乐乎，这就是他们白白胖胖的原因。

"我喂人人，人人喂我。"这是多么和谐的天堂啊。这故事告诉我们，没有人可以不依靠别人而独立生活，我们身在一个需要互相扶持的社会，只有你先主动伸出友谊的手，才会发现原来四周有这么多朋友。在人生的道路上，我们更需要和他人互相扶持，才能共同成长。

◎英雄淡出、团队胜出的时代

1988年，英国《经济学人》针对跨国性企业高阶主管所做的研究调查指出，未来十年，对公司拥有最大影响力的人是谁？只有14%回答"一位领导者"，而有61%的人回答"领导团队"。

如今，预言已成真。一向仰赖业务员个人业绩作为产业命脉的房仲业，破天荒地把买卖方资料变成公开资料库，打破以往业务员拥兵自重的业务竞赛。公司内部更形成推荐机制，业务互相pass案子，你不做的案子可能就在别人的手里复活，因此让公司业绩提高10%到30%。

这是一个英雄淡出、团队胜出的时代。在现在的M型职场中，**"专业"必须被赋予重新定义，因为讲求团队合作的时代已经来临，唯有懂得团队合作的人才谈得上专业**。几乎所有企业都开始正视，团队合作的绩效已大于所有个人的总合。

对 30 岁一代的你而言,除了个人的专业能力外,是否拥有团队力已成为在职场上能否获得录取、升迁的重要指标。而拥有成熟的协调力,才能真正让团队合作的效能加倍,以体谅包容的思维面对冲突、化解冲突并超越障碍,形成务实有用的力量。

唯有通过协调力才能弥补一个人的不足,迅速提升职场竞争力!

协调力是指能够兼顾各方面的事务及关系的能力。也就是能够兼顾各项工作,使各工作能有条不紊地进行,互不干扰,甚至互相加分;另外,在职场的团队合作上,就是能够协调各部门、各单位间的关系,平衡利益冲突,使大家朝着相同的目标努力。

如果你是管理者尤其要精于协调,从大局着眼来处理各方面的事务及关系,平衡各种利益冲突,否则,企业的经营将不堪设想。也就是说,企业的管理者要具备协调力。另外,内部协调是企业提高效率和资讯资源分享的重要途径之一。借由协调,企业内部人员能够在合作上达成一致,从而能够尽快地调整资源、分配资源,提高工作效率。

以销售为例,它是企业得以生存的根本,但销售产品并不单是业务人员的工作,公司内部的所有人员都应该参与到销售工作中。因此,企业的销售工作也离不开各部门之间的相互协调,没有其他部门的全力配合,再好的业务员也不可能与顾客建立起长久的关系,更无法达成业绩目标。

懂出版的人就知道,每逢月底总是特别繁忙,有时临时碰到突发状况,就特别需要配合厂商支援。我的一个协力厂商业务阿发,就是我认为非常具有协调力的高手。像是有时遇到作者延期交稿,但出书日期已近在眼前,我通常会要求阿发先准备好相关的印制前置动作,等我稿子齐全时,马上能进印刷厂,好让书籍顺利出版。

虽然他们公司内部都有既定行程，但他总能事先和其他部门协调出空档，把排版人员安排妥当，并和印刷厂协调印制时间，最后倾全力把我们的东西如期做好。

◎协调力必须科学、准确、及时、逐级

只有先具备卓越的对内协调力，才有可能整合企业的资源来顺利达成既定的目标。而为了确保各项既定目标得以顺利实现，你就必须设法和各部门及人员维持良好的合作关系。至于协调力的基本原则就是：科学，准确，及时，逐级。

1.科学性。具有科学性的特征，而不是随意的单纯经验性行为。要做到正确地分解工作目标，制定出切实可行的周密工作计划，并严格按照品质要求，及时完成；合理、妥善地进行组织分工，落实处理各项具体任务，使下属适才适所，各尽其职，认真负责，并充分激发他们的工作积极性和创造性；把自己管辖范围内的人力、物力、财力统筹安排，实施合理有效的组合，使之发挥出最大效能。

2.准确性。准确是协调的基本原则和要求，在协调中，只有你所用的语言和方式能让对方了解，这样的协调才算有效。在实际工作中，由于接收方对发送方的资讯未必能完全理解，发送方应将资讯加以规纳并以容易理解的方式表达，所以发送方应具有较高的表达能力，准确及时地进行资讯协调，消除摩擦和内耗，达到团结共事、协同动作之目的。这一点看起来简单，做起来未必容易。

3.及时性。资讯只有得到及时回应才有价值。在协调时，不论是向下传达资讯,还是向上提供资讯,都应遵循及时性。遵循这原则可以使自己容易得到各方的理解和支持,同时可以迅速了解同事间的思想和态度。在实际工作中,协调常因资讯传递不及时或接受者不够重视等原因而使效果大打折扣。

4.逐级协调。在协调时,应遵循"逐级"原则。在向下协调时,尽量鼓励他们发挥核心作用。但在实际工作中,我们往往会忽视这一点,会越过下级人员而直接向第一线人员发号施令,这可能会引起许多不良后果。如果真要这样做,我们也应事先与下级进行协调,只有在特殊情况下才可以越级协调。在向上协调时,原则上也应该遵循逐级原则,特殊情况下(如提建议、出现紧急情况等)才可以越级报告。

在处理日常例行性的大量事务时,不仅需要具有协调力,更要充分发挥协调力。至于在执行重大紧急、非日常性的工作任务时,就更不可缺乏协调力。而培养协调力的最基本途径,就是要把理论与实践相结合,这是多种知识综合运用的结果。想要提升协调力,就必须使自己的知识面不断扩大,绝不能只局限于有限的知识。**丰富的知识和技能,是提高管理者协调力的源泉和基础。因为专才只能做好分内业务工作,唯有通才才能既熟悉业务又善于管理和协调。**

培养协调力还应从两方面努力:一是提高理解力;二是提高表达力。具体来说,就是要做到以下几点:

第一,不同的场合,协调的方法也不同;协调不同的事务,也要采用不同的方法。不同场合,其实对于协调的要求是不一样的,比如在公司、聚会、会议室等,应采用不同的协调方式。另一方面,协调的事务也决定了协调的语言和形式。比如与朋友、亲戚、主管、同事、客户、邻居、陌生人等协调时,就应根据对象的不同改变协调方式。通过这个步骤可以使自己清晰地明瞭需要协调的对象和场合,以便全面地提高自己的协调力。

第二,多问自己,我的协调方法合适吗? 要知道,主动协调与被动协调是完全不一样的。如果你迈出主动协调的第一步,就非常容易与别人建立广泛的人际关系,在与他人的交流协调中更能够处于主导地位。当你处于主导地位时,就会集中注意力,主动去了解对方的心理状态,并调节自己的协调方式,以便更好地完成协调过程。这时候的协调方式就是最合适的。

第三,适当地运用肢体语言。你要学习了解身体语言的意义,而且要培养自己的观察力,并站在对方的角度来思考,善于从对方不自觉的姿势表情或神态中发现对方的真实想法。

第四,要为顾全大局而放软身段。《易经》上说:"君子藏器于身,待时而动。"这说明了锋芒毕露对于一个人来说,有时只有害处。额上生角,必触伤别人,别人也必将折你的角。所以你要懂得客观地分析自己,在协调的过程中,得适时放软身段。否则头上有角的人永远没有机会广结人缘,协调力自然也不会太好。

M 型社会来临,使得现在的职场也有 M 型化发展的趋向,你如果不想沦为高劳力阶层,就得让自己朝高阶经理人迈进。而这就需要你多方学习管理、合作、协调的能力。只有一门专业已不符现代社会的要求,因此你应当不断地总结自己的职场经验,并学习吸收各方面的成功作法,这样日积月累,便可以使自己的协调力逐步完善和提高,增加你的职场竞争力。

第二部 决定事业成功的关键

19 领导力

美国前国务卿基辛格说,领导就是要让他的人们,从他们现在的地方,被带领到他们还没有去过的地方。

其实领导不仅是要懂得领导别人,更要懂得领导自己。一个具有领导力的人,往往比较容易在企业中获得晋升;就算自行创业当老板,也才能"以德服人",而不是用老板的头衔压人。拥有领导力,体会"领导"的丰富内涵,不仅能为自己的人生成功导航,也能使其他人在你的导航下找到出路。

美国前国务卿基辛格 (Henry Kissenger) 说:"领导就是要让他的人们,从他们现在的地方,被带领到他们还没有去过的地方。"

从一角度,我们就可以给领导力下一个定义,领导力是一种规划前景和引领方向的能力,并且通过对个人、团队或者组织的激励,领导他们和谐地实现共同的目标。

看看我们周围,在管理层,在课堂,在球场,在政府,在军队,在跨国公司,在小公司,乃至一个小家庭,我们都可以在这些不同领域中发现领导力的价值,它是我们做好每一件事的核心。你相信吗?其实每个人都需要领导力,也具备领导力,只是我们并没有发现。

或许你想问,我只是一个普通的公司职员,平日默默无闻,何需领导力?

首先,我们要明白的是,领导力不等于权力。有领导力的人不一定需要有头衔或身份的支撑,而有权力的人也不见得一定拥有领导力。对于后者,我们会说他是一个不合格的领导者。所以,**领导力其实比权力更重要,就算你没有权力,一样可以拥有领导力。**

VISA 组织的创办人哈克也说过:"领导人至少要用一半的时间领导自己。"这就表示,**如果你能把自己领导好,就能领导别人,就能拥有领导力。而领导自己最重要的一件事是"信任"。一个人有没有真正拥有领导力,要看他能不能赢得自己及他人的信任。**

同时,领导力的发挥并不等于权力的滥用。假设我拿着手枪对着你的脑袋,那我肯定能让你去做那些你不愿意做的事情,但是我所发挥的并不是领导力,只是在炫耀权力而已。真正的领导力意味着,在人们还有其他自由选择的时候,他们仍然愿意跟你走。如果人们是因为没有选择而跟着你走,就说明你并不是在领导他们。

对于领导者来说,我认为有几点是非常重要的。它们包括力量、影响力和全球的领导力。领导者一般都具有一定的力量,大部分因为他们也同时拥有权力。比如说他们有权做决策,他们可能会影响一个组织的成功或者失败,他们也可能会影响别人的升迁与收入。有些领导者在使用权力方

面做得非常好,而有些人却在挥霍这些权力。

◎权力的来源

一般而言,我们的权力有以下 3 个来源:

1.法定权力。你的权力是根据你在组织中的职位而拥有的,它来源于正式或官方明确的规定。这样法定的领导权力还可以引申出以下两点:

(1)奖赏别人的权力。因为有能力控制组织的财务、人力资源,因此可以对依赖这些资源的人产生影响,包括加薪、改变津贴、提供晋升机会、授予官衔、改变福利分配等。如果你按照我的命令完成了任务,我就会奖赏你。

(2)强迫别人的权力。即通过负面处罚或剥夺其权利来影响其他人。这种带有强制性的权力与奖赏性权力是相对的概念,你没有遵守我的命令,没有按照我的命令来做,我就可能会对你不利。

2.专家的权力。某些影响别人和让别人服从的权力,来自于你在某个专业领域具有非常强的专业知识,你具有专家的权威性。一个对自己应该做什么有着清楚规划的人,往往最容易获得他人的服从。

3.榜样的力量。你的做法让别人感到信任和尊重,于是他们就会愿意追随你,这就是一种榜样的感召力。

我们可以把这三种力量分为两大类。第一种是法定的权力,它是因为你处于这个职位上才获得的权力;后两种则是来自你个人的出众特质,并不是因你身居高位，而是你的个人魅力或能力让人们愿意相信你和追随你。因此，不管你是身居要职，还是平民百姓，你都可以拥有并塑造属于自己鲜明风格的领导力。

在一般人眼里，法国的领导风格大部分是拿破仑式。从法国出来的大学毕业生一般都是那种精于专业计划管理，熟悉工商金融和公共管理领域的人，在企业里"你"和"我"之间的人际关系界限分明，不仅非正式的人际交流得不到鼓励，而且对部属没有及时回应他们的指令，也会显得很敏感。

相对来说，意大利的领导者则较有灵活性。企业颁布的规章条例常常被忽略，喜欢在朋友和家庭这种非正式场合交流，会前和会后的私下磋商也经常比会议中的讨论还重要。

如果德国人看到意大利这种领导现象可能会吓一跳，总体而言，德国人是很古板的，领导者通常学历较高，拥有多年的专业技术训练，并且除非到了董事会的层级，他们一般很少会涉足自己专业以外的领域。

这点就和英国人的做法截然不同。英国人会将内定为未来企业领导人的那个年轻人，迅速从企业各个部门过水一遍，以期让他对企业流程有总体的了解。

我相信，**如果一个人能在发挥自己鲜明领导风格的同时，还能兼具法国人的精明，意大利人的灵活，并把德国人的严谨拿捏得恰到好处的话，那他一定会在生活和工作上长袖善舞，左右逢源。**也就是说，他一定拥有优秀的领导力。

在职场上，每个人的领导风格不完全一样，有的人专业技术较强；有的人热情似火，充满自信；有的人做事情不怕难，有耐心。这些都很难能可

贵,不过,我更看好拥有"健全的思维"和"理解判断力"的人,并深切认为这两个能力是架构领导力基础中的基础。

◎领导力的内涵

要当一名合格的领导者,同样需要拥有多种风格。美国某研究机构曾对企业领导者做过有关领导力内涵的问卷调查,结果显示以下五方面的得票率最高:

第一,健全的思维。美国德州一位工商界巨头说,"成功的关键要素就是简单化,无论开会还是和外界打交道,用三言两语将一个复杂问题还原的能力很重要"。

第二,专业知识。美国田纳科董事会主席 Philip Oxley 把他的成功归于现场经验,他就说自己喜欢"坐在油井口旁,观察正在进行地震勘测的员工工作",这样就可以获得生产线的第一手资料。"如果要当好一名经理人,你必须真正懂得该行业里的专业知识"。

第三,自信。自信与其说是对自己的能力有把握,不如说是要有勇气和信心去冲击已设定好的目标,它包括耐心和设定目标的能力。某位会计师事务所的负责人就说,我在这个领域成功的经验是,"我不仅喜欢我的事业,而且有勇气、决心和顽强的毅力去不断地向目标冲击。"

第四,理解判断力。要取得突出的成就,一个人应当具有快速理解、彻底分析问题的能力,这当然包括常说的智商,但还应包括丰富的词汇、良好的阅读能力和写作技巧。"喜欢探索的大脑加上广泛兴趣,也是成功的基本要素"。

　　第五，执行力。执行力至少包括三方面：组织能力、良好工作习惯和勤奋。

　　如果能把上述五种能力集于一身的人，就有机会成为优秀的领导者，但做到这几点并不容易。借用古典绘画大师安格儿的话，或许可以让你理解，"严格地说，希腊雕像之所以超越自然，只是由于它凝聚了各个局部之美，而大自然本身却很少能把这些美集大成于一体。"

　　领导力不是从书中的只字片语就能够学来的，而是必须通过长期磨练去领悟，因为唯有如此才是真正属于你的本领。而且领导不仅是要懂得领导别人，更要懂得领导自己。一个具有领导力的人，往往比较容易在企业中获得晋升；就算自行创业当老板，也才能"以德服人"，而不是用老板的头衔压人。**拥有领导力，体会"领导"的丰富内涵，那么你才能为自己的人生成功导航，周遭的人也能在你的导航下找到出路。**

第二部　决定事业成功的关键

20 借力的能力

不 论是"有力"或"无力"都需要"借力使力"。

人并非万能,总会遇到"无力感"的时候。如果这时只知道埋着头苦干,而不懂去寻求外援,那么只会一头钻进死胡同。35 岁前懂得借力,不管是待人接物、职场生存,都能让你在"借用"各种资源之中,达成自己完成不了或很难完成的目标。

《论语》中孔子曾说过,"工欲善其事,必先利其器。"就是在说明人想要成就一番事业、理想,就必须先做好充足的准备。"器"是"工具"的意思,做任何事情如果没有完善和充足的准备必将归于失败。临时抱佛脚,只是好看不好用,机会总是会留给那些有所准备的人。

为自己的事业做准备,为自己的理想打基础,并不是要你自顾自的"利其器",而是应该懂得"借"的艺术。之所以说它是艺术,是因为舍弃它可能就不能成就抱负和理想。

任何人都不是万能的,所谓借力,就是"借用"自己以外的各种资源,以帮助自己达成很难完成的或无法靠自己完成的目标。在通往成功的道路上,成功者绝不会让自己孤立无援,那些能够成就大事和实现梦想的人都不是靠自己单打独斗,而是必须借助所有可以凭借的力量,把各种因素综合起来,汇成一股不可抵挡且足以向前冲的洪流。

借,首先是要借助人的力量,但往往不拘泥于人。**社会上的趋势潮流、万事万物,只要能为我所用,都可以借来一用。**能不能借、会不会借,这关系到你的人生目标和事业宏图。借得对,就会大大裨益自己的理想和事业,相反的,就会功亏一篑,即使是宏图伟业也将烟消云散,所以不可不谨慎以对。

◎借的艺术

赤壁之战中,诸葛亮草船借箭,借东风火烧曹营,一举击败曹军,初步形成了三国鼎立的局面。借东风就是借力,如果没有东风,就算之前准备的再完善,都不能促成战争胜利。

人们都说《三国演义》里的智慧太深奥,其实不然,仔细地思考你就会发现,整部三国演义都在讲一个"借"字的艺术。三个国家相互借力借势,彼此互相凭借又相互抗衡,最终达到一个各方都能接受的平衡状态。当然啦,最后的胜利还是属于最能"借"的一方。

"借"的关键就在于打破均势的状态。彼此均势,彼此都不是胜利者,最后的胜利就是能够打破均势的那个人。在成功的道路上,会有无数个来自各个方面的竞争者、敌对者,甚至骚扰者,怎么战胜他们,怎么让他们

无法产生战斗力,就要充分发挥"借"的艺术。所以**借力,不仅要给自己借力,还要懂得让别人借不着力。**

工欲善其事,必先利其器。"善其事"是根本,"利其器"是保证。为了能做到真正的"利其器",进而"善其事","借"的艺术功不可没。"借"又是"利其器"的保证。不会"借"的人,不能做好充分的准备,也会离自己的目标渐行渐远,最后只得迷途无返,归于失败。

◎太极哲学

你知道太极吗?太极给人最直接的观感就是一股"周旋"的力量,借力打力,生生不息。

因此,太极也可说是一门"借"的哲学。怎么引导别人的力量来加强自己的力量,怎么引导有害的力量向着有利于自己的方向发展,变有害为有利,变被动为主动。太极告诉我们借力的重要性,人和周围的环境彼此依存又彼此斗争,如何转动这个圈子,使之大大裨益于自己,更是一门深奥的学问。

不论你是"有力"或"无力"都需要"借力使力"。借力使力,因势利导,才能成就一番事业。但其实它不容易做到,关键在于要有敏锐的思维。无论是借势还是乘势,最终目的不外乎就是要得到胜利。在成功的路上,没有所谓的优势和劣势,只有如何把握自身的条件和机遇。如果学会"借"的艺术,把自身不足之处转化为别人难以击破的独特优势,这样成功就不远了。人会失败就在于拘泥于自身的劣势,而不懂得借势而行,把劣势转化为自己的优势。

俗语说："三个臭皮匠，顶个诸葛亮。"虽然，人的智慧是无限的，但经过开发的部分却相当有限，而一个人的价值判断、社会历练、人生经验都因受环境影响而有不足之处。此外，人的专长也只有那么一两种，面对复杂的环境时，一个人的这些基本条件就不够用了，因此，**借用别人的智慧可弥补自己智慧的不足**。

换句话说，只有 60 分能力的人，会因为借用别人的智慧而达到 80 分以上的成绩。

《三国演义》中的刘备，文才不如诸葛亮，武功不如关羽、张飞，但他有个别人不及的优点，那就是杰出的协调力。他能够吸引这些优秀人才为他所用。由此看来，能够发现别人的才能，并能借来为我所用，就等于找到成功的力量。

正因为缺，所以我们要借。我们需要开阔思路，我们需要资源，我们需要融汇各种思想，汇集四面八方、源源不断的资源。在这些资源中，有些是我们拥有的，有很多是我们没有的。

幸好资源有两种属性，一种专有属性，指的是资源的所有权；另一种是他属性，指的是资源的使用权，既可以被资源的所有者使用，也可以被其他人使用。我们缺乏的往往是资源的所有权，但是我们可以巧妙把握资源的使用权。因为资源的属性，我们可以借！

问题是我们应该怎么借，从哪里开始借呢？

通常的做法是在事情执行的过程中开始借。这样的借法，"借"的理由明显自然，但是，这样借法，往往是"借"得不够，"借"得很累，"借"得不充分，解决的问题也很局限。

从哪里开始借力,才能够"借"得充分、"借"得轻松、"借"得有力?

简单来讲,从"借"开始借力,是最有效的借力方法。具体说,如果从观念、思想、心法三个方面掌握借力的本质与核心技巧,你就能够充分享受到借力的好处。

首先,要在观念上清楚明白借力的必要和借力的重要。

这句话说起来简单,做起来不容易。因为人的自我意识很强,所以认清自己的思维、方法、能力也有局限。比如在传播界的"学、做、教"过程中,我们常常习惯单打独斗,一个人将所有事情做完,很少会主动想如何请他人帮忙,结果自己累得要死,却仍是"感动不了"他人,效果自然不明显,成效也不能持续下去。观念决定行动,思想上充分意识到"借力"是必需的事情,你就会有着强烈的意识,随时随地都想着如何借力,就能从不会借到熟练地"借好"力。

其次是在心想的阶段就要开始借力。

不懂得在规划的阶段就借力,是我们容易犯的错误。通常,我们会在规划好一切后,才开始借力。但是你有没有发现,常常很多事情,规划完后再借力已经晚了,因为我们自己的划地自限,考虑不周,使得一开始在规划阶段就走错方向,等到生米煮成熟饭,就算借来"超人"也难改现状。例如,想要举办一次公司内部在职训练,你最好在"心想"阶段就多方征求意见,借前辈的经验、借讲者的知识、借部门主管的指导、借同事的需求,让课程在一开始就具有"先天的优势"。

最后是在心法上学会巧妙借力,借好力、借到力、借足力。

借力的本质就是将他人所有的资源使用权借过来,为我所用。如果,你能够将"我用"转化为"我们用",上述问题就迎刃而解。怎么做到为"我们用"?说穿了,就是运用"共同目标",想想这件事做好了会给对方带来什么好处,强调它,然后让对方参与、达成共识,最后一起行动,一起分享成果,这样你就能轻松"借到力"。

◎在人造卫星上打广告

上个世纪 50 年代,美国开始准备试射人造卫星。有家厂商为了提高自己产品的知名度,在人造卫星即将完工之际,一本正经地写信给五角大厦主持该计划的官员,询问能否允许他在人造卫星上做一个产品广告;如果允许,收费多少?

收到此信后,官员不禁哑然失笑:卫星升空后,谁能看到它的踪迹?在人造卫星上做广告,岂不是把钱白白扔到太空?然而,正因为此举荒诞离奇,更容易引起世人的兴趣和关注。此事曝光后,立刻和众所瞩目的卫星试射一样,成为全美乃至全球报纸上的一则花边新闻。

这家厂商未能获准做广告,但全球的报纸却自动为它做了一次义务广告,产品的知名度随着卫星升空而大增。这个无伤大雅的"玩笑",却意想不到的制造出大新闻,没花半毛钱,却为产品做了规模空前、影响深远的广告,此举真是别出心裁,这也说明了懂得借助强势力量来发展自己的重要性。在现代社会,商机无限,可以借来帮助自己发展的力量很多,关键的是,你要有聪慧的头脑、深远的眼光、敢冲的精神。

"好风凭借力,送我上青云"。我们应该从什么都想自己拥有,什么都想自己干,"校长兼撞钟"的旧观念中挣脱出来,以全新的角度,认识自己、认识别人、认识市场,在塑造自己的优势,加强自己的长处,优化自己的特色同时,认真研究分析、细心发现别人的强项和经济社会中出现的商机,**学会"借"、积极"借"、努力"借",既自力又借力,你的人生才会走上坦途。**

　　人并非万能,总会遇到"无力感"的时候。如果这时只知道埋着头苦干,而不懂去寻求外援,那么只会一头钻进死胡同。35 岁前懂得借力,不管是待人接物、职场生存,都能让你在"借用"各种资源之中,达成自己完成不了或很难完成的目标。

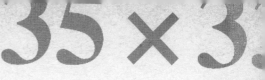
第二部　决定事业成功的关键

21 反省力

人与动物最大的不同,在于有独立思考的能力。人类因为反省而卓越,我们一定都听过"失败为成功之母",但失败之后并不会平白功成,而是在失败后能虚心反省,找出失败的真正原因,检讨改进再出发才能成功。

　　我们不要怕失败,因为失败后的反省力才是通往成功的另一把钥匙。

　　人与动物最大的不同,就在于人拥有独立思考的能力。人类因为懂得反省而卓越,你一定听过"失败为成功之母",但失败之后并不会平白成功,而是在失败后能虚心反省,找出失败的真正原因,检讨改进再出发才能成功。

　　上古时候,诸侯有扈氏背叛夏禹,率兵入侵,夏禹便派儿子伯启领军抵抗,结果伯启被打败了。部下很不服气,纷纷要求继续进攻,但是伯启说:"不必了,我的兵比他多,地比他广,却被他打败了,这一定是我的德行不如他，带兵方法不如他的缘故。从今天起，我一定要努力改正过来才是。"

此后，伯启每天很早便起床工作，粗茶淡饭，照顾百姓，任用有才干的人，尊敬有品德的人。过了一年，有扈氏知道了，不但不敢再来侵犯，反而自动投降了。

这个故事提醒我们，**人不要怕失败，因为失败后的反省力才是通往成功的另一把钥匙。**当遇到失败或挫折，假如能像伯启这样，肯虚心地反省自己，马上改正有缺失的地方，那么最后的成功，一定是属于你的。

只有经常反省的人才能进步。自古以来，凡是成就大业的人，无不把反省作为自我修养的重要手段。

我和人共事时，最怕的就是遇到那种死不认错、不懂得反省的人。有时候明明就是犯错，你也明白地跟他说错在哪里，他不仅死不认错，也不知道反省、改正，到了下次还是会犯一样的错误，这样的人，真的会让你气死。

◎反省前，请先认识自己

失败犯错并不可耻，可耻的是明知犯错，还不懂得反省，甚至一错再错。

想要拥有反省力的第一步，就是要先了解自己。没有什么比这件事看起来更简单，而做起来却更困难。在希腊的雅典娜神庙上刻着唯一一句话：认识你自己。千百年来，这一直是最伟大的建议。"认识自己"不仅在防止人类过度骄傲,也在于使我们了解自己的价值何在。

懂得经常反省自己,就可以去除心中的杂念,可以理性地认识自己,对事物有清晰的判断,也可以提醒自己改正过失。只有全面地反省,才能真正认识自己,只有真正认识自己,并付出相对的行动,才能不断完善自己。因此,每日反省自己是不可或缺的,要让"反省自己"成为生活的一个重要部分,也就是"吾日三省吾身"。我们通过不断地检查自己行为中的不足,及时地反思自己错误之原因,就一定能够不断地完善自我。

俗话说:知己知彼,百战不殆。说的就是认识自己的重要性。只有当你认识自己之后,才能客观地评价和正确地对待你自己的优点和缺点,也可以轻易地针对自己行为上的不足之处以及情感上的缺陷,找到方法来克服。**认识自己,才能从失败中总结教训,使自己不断成长。**

人如同一块天然矿石,需要不断地用刀去雕琢,把身上的污垢去掉。虽有些疼痛,但雕琢后的矿石才能更光彩照人、身价百倍。因此,反省自我其实就是提高自我。能养成事后反省习惯的人,往往是敢于面对自我的人,唯有这样才能找出不足,努力改变,让自己从优秀到卓越。

认识自己之后,还要认识到自己的错误。"认识错误是拯救自己的第一步。"因为一个人要是尚未认识到自己在做错事,他是不会有改正错误的愿望的。每个人只有充分地认识到自己的错误,才能反省自己的作为是否符合法律标准、道德标准、修身标准。如果能"诚实"地带着勇气反省一下,很多棘手的事情便能解决了。

◎ 你该怎么反省？

"金无足赤，人无完人"，每个人都有缺点，都会犯错。我们随时随地都应该问问自己，是否对以前犯过的错都一清二楚？若不能从自己身上找出失败的原因，难免下次还会犯同样的错误。

那么，你应该在何时何处反省呢？

曾子曰："吾日三省吾身。"对你来说，问题不在于一日三省、四省，而是应该具有高敏感度，时时刻刻都能自我反省才对。唯有如此，才能常常保持清醒。做一次自我检查容易，难就难在时时进行自我反省，时时给自己一点压力，一点提醒。

事实上，反省任何时间皆可为之，也不必拘泥于形式，不过，人在事务繁杂的时候很难反省，因为情绪会影响反省的效果。你可以利用深夜独处的时候反省，也可以在宁静的公园，甚至咖啡厅，趁着自己独处的时候反省，也就是在心境平静的时候反省，往往能收到最佳的成效。湖面平静才能映出倒影，同理，心境平静才能映现你今天所做的一切！

至于反省的方法，则因人而异。有人写日记，有人则静坐冥想，有人只在脑海里把过去的事放映出来检视一遍。不管你采用什么样的方式，只要真正有效就行，自省也不能流于一种形式，每日看似反省，却找不出自己的问题，甚至对错不分，那就没有达到自省的目的了。

陶渊明有"五问"：反省自己今天浪费时间了没；反省自己今天学习或教学进步了没；反省自己今天品德进步了没；反省自己今天违背良知了

没;反省自己今天计划完成了没。因此,我们在反省的时候也要给自己设定一些具体的问题,在自己的主要缺点上下功夫去反省,去纠正,让自己每日都进步一点点。

总之,每个人在反省时,要力求全面、客观和公正。只有公正对待自我,才能对自己有比较清醒和全面的认识,从而有利于克服我们的盲目性,有利于事业的成功。对于一个失去反省力的人来说,他就像一个瞎子一样,问题就算摆在眼前,他也是看不见,更谈不上自救了。

虽然不反省的人也不一定会失败,但看看那些成功人士,他们都有反省的习惯,因为只有反省才不会迷失方向,才不会做错事。况且我们都只是凡夫俗子,智慧和能力都不及伟人,因此反省就显得格外重要了。

拥有反省力对于身在职场的你我尤其重要,而且要能从反省中进而懂得创造。即使是现在,和同事开会讨论时,我也不喜欢先给答案,因为太早公布答案往往会限制了人们的思考。在交谈的过程中,我希望同事能在独立思考后有自己的判断,而不是职位高的人说的就一定是真理。这种反省与对话是内心经验的反刍,它所创造出来的是人们相信并且看到了自己的独特性。

"台湾中研院"院长李远哲过去在美国柏克莱大学当研究生时,找了一位非常有名的教授担任指导老师,教授一旦讨论完可以做的研究题目后,就很少再告诉李远哲新知识。有时他的实验碰到了一些难题,想去问这位教授时,教授的回答总是"我不晓得!""如果我知道,就自己做了,干嘛还要劳驾你!"这样的处境,让李远哲有许多沮丧。

教授到实验室,最常问李远哲的问题是:"What's new?(有什么新发现)"以及"What are you going to do next?(下一步要做什么)"问完之后,

也没有多做表示就离开。

但这几个简单的问题就是一种反省,李远哲在回忆过去这段往事时,特别感激这位教授,因为他虽然没有教什么,但却让自己在边做边错、边解决问题的状况下,有了一些让人兴奋的新发现,而正是这些持续的发现,让李远哲获得了人人称羡的诺贝尔奖。

所以真正的反省力是要找到自己思考的方法,如果你只是将老师所传授的内容全部照单收,那么将会走入过去教条的陈棄,而教育有个重要的目的就是要让每一个人都有反省的能力,并在反省之后,找到自己的个性,创造出不凡的气势与作为。因为没有反省的创造只是一种流行,它是无根的,是短暂的,看不到过去,也眺望不到未来。

培养反省力的最佳教练可说是来自自己的生活周遭,它是一个人个性成熟与否的指标,它让我们可从细微平凡处得到新的领悟。它不是速食文化下的产物,而是长久人文素养的对话。正如凌群科技创办人施炳煌所说,"在培养年轻人的过程中,我们必须将人文化的精神植根在年轻人身上,从小培养他们自发性的反省。"你想要拥有一个成功且充满创造性的人生吗?那么请不要害怕和失败对话,赶紧让自己拥有反省力吧!

第二部 决定事业成功的关键

2 竞争力

随着经济市场全球化的发展，高学历等于高失业的现象日趋严重。职场上，你所面对的将不再只是与你系出同门的同胞，还有其他海外白领人才的抢滩。这都是你将面对的潜在竞争者，他们正挑战着你的职场野心，如果你还不懂得强化你的竞争力，那么注定要被淘汰出局。

物竞天择，适者生存。一个国家要想在国际舞台中拥有一席之地，就必须有国家竞争力；企业要想在经济大潮中站稳脚跟，就必须有企业竞争力；而你想要在这个优胜劣汰的社会上立足，也必须拥有个人竞争力。

随着经济市场全球化的发展，高学历等于高失业的现象日趋严重。职场上，你所面对的将不再只是与你系出同门的同胞，还有其他海外白领人才的抢滩。这都是你将面对的潜在竞争者，他们正挑战着你的职场野心，如果35岁前的你还不懂得强化你的竞争力，那么注定要被淘汰出局。

什么是竞争力？简单说就是生存与发展的能力。生存是基础，发展是

目的。一个只求有口饭吃而不求发展的人绝对不可能有竞争力,甚至最后可能连饭都吃不到,因为没有竞争力就注定会被淘汰出局。

但是我们这里讲的竞争力,并不是单指你拥有某项优势,而是指个人的核心竞争力,而且不仅是具备一两项。也许在以前你仅需要具备一两项核心竞争力就够一辈子吃喝不尽,但随着社会变动越来越快,经济发展越来越多元化,十年前的核心竞争力在现在可能变得一文不值,所以明确且具备几种足以使自己立于不败之地的个人核心竞争力,正是你在 35 岁以前的人生应该奠定的基石。

◎人格+特长=核心竞争力

根据美国经济学家普拉哈拉德(C.K.Prahalad)和哈默(Gary Hamel)所指出,个人核心竞争力就是不易被对手效仿的,具有竞争优势,且独特的知识和技能。例如,你十分喜欢唱歌,你的歌声也很美妙动听,但是别人也会唱歌,而且唱得比你还要好,那么演唱就只能算是你的竞争力之一,而不能算是你的核心竞争力。核心竞争力是不易被竞争对手模仿的,并且是你所独有的本领。如果别人也有这种本领,而且比你高强,那么这种本领就不是你的核心竞争力。

那么什么是自己的个人核心竞争力呢?很简单,就是四个字:人格+特长。

健全、高尚、完善的人格是立身之本,而特长则是谋生之本,这二者就仿佛是人的两条腿,缺一不可。一个人如果只有人格魅力,没有特长,是难以在竞争中取胜的;相反的,如果有特长,却人格低下,这样的人也不能在竞争中取胜。只有把二者结合起来，才能在竞争中立于不败之地。

所以，你想要成功，就必须有一身好本事，要练好内功、外功、轻功。内功，是做人之根本，即人格；外功，是立业的本领，即特长；轻功，则是为人处世的技巧。

你可以看看，周遭那些在某领域取得或大或小成就的人们，几乎都有他们自己独特的本领，且是别人无法取代，或许他们并不具备取得成功的全部要素，但是只要他们把这独特优势培养成自己的核心竞争力，就能够在那领域里成为专家，甚至是大师。

在学校，你的国文老师，或许数学基础不比你扎实，但是他却能站在讲台诲人不倦，而你只能在下面聆听，原因就是他具备国学领域的核心竞争力，"闻道有先后，术业有专攻，如是而已。"

同样的，在职场看看你的主管，你或许觉得他不懂业务，不懂财会，不懂得实务操作，为什么就可以拥有一间专属办公室和舒适的办公环境，而你却要和其他同事挤在拥挤的办公空间。这也是因为他在掌握公司策略或者是协调上下关系方面，具备他自己的核心竞争力。所以不要羡慕别人拥有比你高的职位，比你好的待遇，强化自己的核心竞争力才是根本。

◎希尔顿的生铁理论

值得一提的是，在打造个人核心竞争力的时候，每一个人都应该对自己有绝对的信心，千万不要低估自己的能力。许多人之所以一事无成，就是低估了自己的能力，以致压抑了自己的成就。

饭店大亨希尔顿曾经提过一个"生铁理论"。**一块价值 5 元的生铁,铸成马蹄铁后价值是 10.5 元;如果制成工业用磁铁,就值 3000 多元;但制成瑞士名表的发条,价值就是 25 万元。**

现在的你可能只是一块默默无闻的生铁,只要能在生活中努力充实和培养自己的个人竞争力,使今天的自己不断超越昨天的自己,那么经过长时间的历练,或许你也会发现自己的国学功底超过国文老师,真的青出于蓝了。或者有一天主管会把你叫到办公室和你讨论升职和加薪问题,这就代表你在实务操作领域已经具备核心竞争力,变成不可替代的专家了。

不过,在着手打造个人核心竞争力前,请你先回答下面两个问题:

1.你想做什么?

2.你能做什么?

如果你能够清楚地回答这两个问题,那么恭喜你——你已经踏上成功之路了。因为世界首富比尔·盖茨曾说过:**"知道自己究竟想做什么、知道自己究竟能做什么,是成功的两大关键。"**或许你想当一名电视节目主持人,但你不一定能够当上;或许你能够成为一名优秀的电视节目主持人,但你不一定想当。只有你把想做的和能做的有效结合起来,这才是你的竞争力。

所以要培养自己的核心竞争力时,首先是要了解你的兴趣,其次是要了解你的天赋,因此,培养自己的核心竞争力的最佳方法是在你最感兴趣的领域施展你的天赋。你感兴趣的,如唱歌,你不一定有这方面的天赋;你有天赋的,如写作,你不一定对当作家感兴趣。因此,只有把兴趣和天赋结合起来,才能形成自己的特长。

另外，**由被动竞争转向主动竞争也是提高核心竞争力的一种方法。**"不是我不明白，而是这个世界变化太快"，我们要在竞争中赢得先机，就必须将适应环境为主的被动竞争，转为主动的预测环境变化。积极应变，提前采取措施，以提高个人核心能力。

◎从优秀到卓越

当然在养成自己的竞争力后，还需要投入专注和不断追求完美。人们常常喜欢各种"计谋"的胜利，而不喜欢借由坚守做事逻辑获得的胜利，所以才会到头来一事无成。美国管理学家彼得·柯林斯在《从优秀到卓越》一书中，提到一个有趣的"刺猬原则"。为什么看起来很笨的刺猬能够战胜狐狸？只因为刺猬专心于一种能力的培养，而狐狸之所以不能够胜利却源于它太聪明，总想利用"计谋"获得胜利。

能够"从优秀到卓越"的人，比较像刺猬，单纯憨厚，懂得一次把一件事情做好，培养一种能力，成为安身立命的一技之长。他们不像狐狸，诡计多端、行动敏捷，懂得许多事情，但却前后矛盾，缺乏韧性。

所以，如果 35 岁前的你能够明确自己的兴趣、天赋，想办法把它们结合起来培养成自己的竞争力后，还能在生活中全心投入和追求完美，最后使之成为别人无法代替的核心竞争力。那么，经过不断历练，不断完善后，你就能够成为竞争社会中那些以不变应万变的"智者"，更能够成为物竞天择之下从容生存的"适者"。

第二部　决定事业成功的关键

23 资源整合力

在经济全球化的时代，你必须懂得将各项资源加以有效整合，才能形成你的核心优势，达到"1+1>2"的效果，这正是资源整合最关键的目的。有了资源整合力，便可以通过资源的有效运用，发挥整体效果，这不仅可以提升你的效率和竞争力，更能达成你渴望成功的目标。

当然要具备资源整合力之前，你也必须要有很好的协调力作为辅助，这样才能达到借力使力的效果。

前面我们曾提到，这是一个英雄主义淡出，讲求团体战力的年代。以台湾唯一募款平台——联合劝募协会为例，其成功的主因便来自于"用对人"！

该协会秘书长周文珍曾自豪地透露，"大家多半以为非营利的工作者不是退休教师，就是爱心妈妈，其实联合劝募协会的成员，都来自营利机构的专业人才。"像其核心成员负责研发的赖金莲，曾在知名的盖洛普市场调查公司工作；募款大将黄文祺则是新闻系毕业，并曾任百货商场的专业行销人员。能够挖到曾经于营利组织功勋卓著、拥有不同专长的人才，并且适才适用，截长补短，以发挥统合综效，是联合劝募协会得以成功的关键。**而这种能将不同人集结在一个团队的能力，就是资源整合力。**

资源整合可说是老生常谈，但何谓整合？目的为何？如何整合？恐怕多数人并未深思过，或是仅知其然而不知其所以然。其实资源整合就是"发掘来自各方的资源，予以调配，并使各方的决策、流程与共同目标结合。但由于各方所追求的目标不同，甚至互相矛盾，因此必须整合出共同目标。"

在我们生活中，其实就常在做资源整合的工作，只是我们没有特别去注意。例如中午有人要去买便当，我们就请他顺路去 7–11 买罐可乐，这就是人力的整合。同事一起集资买乐透彩以增加中奖几率，这就是财务的整合。如果我们懂得放大这些整合的概念，就可以让生活及工作更美满。

在经济全球化的时代，你必须懂得将各项资源加以有效整合，**才能形成你的核心优势，达到"1+1>2"的效果，**也就是将有限资源发挥到最大，产生无限的力量，圆满达成共同目标，这正是资源整合最关键的目的。

像是网络常见的团购，便是以资源整合的模式，集合众人的购买力，进而达到压低产品价格的效果。而原本只是贩售日常用品的便利商店，在经过异业策略结盟后，不再是单纯的卖饮料、零食，还利用其物流优势，提供代收费、寄送快递、冲洗照片、冷冻物品宅配等多面向的服务，俨然就是一个小型购物中心，同时也增加了企业竞争力。这些都是懂得利用资源整合的最佳例证。

◎有协调力才能资源整合

在战略思维的层面上,就是要通过组织和协调,把企业内部彼此分离的职能与企业外部既参与共同的使命又拥有独立经济利益的合作伙伴,整合成一个为客户服务的系统,取得"1+1>2"的效果。

在战术选择的层面上,资源整合就是优化配置的决策,就是根据企业的发展战略和市场需求,对有关的资源进行重新配置,以突显企业的核心竞争力,其目的就是要借由组织制度的安排和管理,进而增强企业的竞争优势,提高客户服务水准。

当然要具备资源整合力之前,你必须要有很好的协调力作为辅助,这样才能达到借力使力的效果。在这个讲求"全民整合"的时代里,作为处在市场经济浪潮里的人们, 特别是对许多想创业的人来说, 更需要资源整合,但该如何有效整合资源呢?

在此我们先看个故事吧。从前, 美国乡村里有个老头和儿子相依为命。某天,城里来了一个商人,他对老头说:"我想把你的儿子带到城市去,可以吗?"老头说:"你赶快滚出去!我就这么一个儿子在身边,为什么要让你把他带走呢? "这个商人说:"我可以替你儿子在城市找份工作,这样可以吗?"老头说:"那也不可以。"商人就说:"我可以替你儿子在城市找个结婚对象,你看如何?"老头说:"那也不行。"最后商人又说:"如果那对象是洛克菲勒的女儿,你同意吗?"老头心想,"洛克菲勒是世界首富、石油大王……"结果就同意了。

过了两天,商人又找上洛克菲勒,对洛克菲勒说:"洛克菲勒先生,我准备给您女儿介绍一个对象？"洛克菲勒说："你赶快滚出去！以我的身份还需要你介绍吗？"商人又说："如果我介绍的是世界银行的副总裁，那您同意吗？"听到这里，洛克菲勒笑了笑，点头同意了。

又过了两天，商人拜访了世界银行的总裁，对他说："总裁先生，你现在必须立刻聘请一位副总裁。"总裁先生说："你快滚出去吧！我已经有这么多个副总裁，为什么要听你的？而且还是马上再聘请一位。"商人又说："副总裁是洛克菲勒的女婿，那么你同意吗？"总裁先生当然同意了。

这是一个典型的资源整合故事，商人的资源整合模式就是如何把农夫的儿子既变成洛克菲勒的女婿，又变成世界银行的副总裁。说穿了，就是你身边存在的资源决定你可能做什么，你所拥有的资源决定你可以做什么，而你对资源的整合利用决定你最终成为什么。

◎ $2H+O=H_2O$

这种资源整合的结果可能是金钱上的收入、更好的事业机会、更有技术成分的产品、更好的文学艺术作品等。大家众所周知，水的化学方程式很简单，两个氢原子和一个氧原子结合，便产生了一个水分子。看似简单的化学反应，却包含着资源整合的全部精髓。一方面我们要善于寻找利用氢和氧这些资源。一方面要学会把氢和氧进行合理搭配。也就是把最关键的"等号"做好，使之形成更有价值的资源。

书法里有所谓的"集字"体。唐朝初年的怀仁和尚便集结王羲之的字构成一篇《圣教序》，因为王羲之的字个个耐看，怀仁和尚将他们刻在石碑上流传于世，给后人留下宝贵的精神财富，那么怀仁和尚自然跟着声名大

噪。诗文里也有"集句"一体,将前人诗文里的句子摘录下来,再按照自己的需要重新排列,构成一篇别有新意的文章,宋朝才子苏轼的《南乡子·集句三首》便是如此。凡此种种,都在向我们展示着拥有资源整合力所创造的美好。然而,在这些有价值的结果形成前,我们也必须注意:

第一,首先是对资源的了解、学习和辨识。

要善于区别好资源、坏资源、有用的资源和无用的资源。要非常清楚地知道自己要达到最终形成的结果,所必须具备的资源特点,在这样的基础上去挖掘和开发资源。

第二,要培养和锻炼使用资源的能力。

任何事物都有它存在的道理和价值。也就是说,我们要能将他们变成我们可用的资源。当我们在接触这些事物的同时,也必须结合自身的需求进行比照、分析、演绎。同样的一个现象和事物,在不同人眼中的利用价值截然不同,这就需要我们拥有驾驭和组合这些事物的能力,使之变成手中可利用的资源。

第三,要学会协调和整合资源的能力,也就是对资源的开悟能力。

一颗色泽光亮的珍珠固然漂亮和珍贵,但是它的价值远没有一串珍珠项链那么高。如果我们能够有这种主动意识,把有价值的资源进行组合、协调和分配。也就是说你要成为串起美丽珍珠的那条"中心线"。把资源的层次升级为主动有意识的排列组合行为,那么我们就能创造出一个又一个的奇迹。

一个孤立无援的人在汪洋中生存的几率是多少?稍有常识的人都可以回答出是 0;如果那人身边多了一片浮木呢?那么他的生存几率可能增

加到 40%；再进一步，又多了指南针和面包，生存几率便增加到 60%；当他又增加了强烈的求生欲望和对方向的把握时，生存几率更能增加到 80%或更高。

可见当资源层次从现有资源到主动意志，再到辨识和组合运用的能力一步步迈进时，我们就可以变得越来越主动并可控制自己的命运。

◎资源整合的方式

对于企业而言，最重要的是会利用资源，而不是拥有多少资源；企业更需要具备这种整合各项资源为自己所用的能力，因为企业的资源整合力就是竞争力。刚刚我们提到便利超商的例子，便是懂得利用物流优势，整合了银行、冲洗业者、快递业者等资源，进而强化自己的竞争力，同时达到促进各方业绩的目的。

资源整合的方式有很多，列举几项与大家分享。

1.资源重置：齐头平等，平均分配，是不负责任的做法，很容易造成资源错置及浪费；尤其强制分配，易生不满，导致滥用资源。若能改为各取所需，赋予自主选择权，则可提升忍耐度及满意度。

2.资源共用：某些资源若各占一分，则皆不足以运用，若能集中共用，想用能用，不需用时亦不致闲置。

3.资源回收：某些资源可循环使用，某些可递延使用，若能作好回收措施，可大幅减少新资源需求。

4.**资源再生**：某些资源经回收处理可再生，因而减少有限资源的耗用，并养成节约资源，避免浪费的习惯。

5.**资源分解**：许多资源往往只用其中一小部分，却占用全部，造成资源不足；若能将不用的部分分解出来，才能满足各类需求者。

6.**资源善用**：许多资源往往只有在某个时段需要使用，却有大多数时间是空待，若能释放出来，供需求者运用，当可大幅减少整体资源的配置。

简单来说，整合的目标是将各方资源最佳化运用，其目的要达成预期的共同目标。除非有扎实功力，否则难知难行，与其夸夸空谈，不如赶紧充实功力，自能水到渠成。

在我们今天所处的这个社会里，无论是国家、团体、家庭乃至个人，都必须借由资源的利用与整合，实现自身的成就与辉煌。它要付出相当大的代价和相当长的准备期。而万物的成败、进退、强弱的关键就是资源整合的结果。因此，我们要充分把握和利用我们身边的资源，并且要形成对资源整合的开悟、辨识与主动性。那么我们的人生也将会变得更加的游刃有余，我们的世界也将会变得更加的美好！

第三部
左右人生方向的道路

态度,决定你人生的高度;
能力,左右你人生的方向。

人,不可避免地要和其他人相处,
你的人生也得要有人在路旁,
给予掌声才会走得更有意义。
在这个人脉等于钱脉的社会,
你口袋里的人脉存折有多少"金额"?
想要人生走得精彩丰富,
那么你就必须要拥有人际交往力、沟通力、
情绪管理力、冒险力、适应力……

第三部　左右人生方向的道路

24 创造力

创意和创造力大部分是来自天生的，虽然可利用后天模仿来完成，但总还是会有力不从心的感觉。不过千万别因此而沮丧，因为如何创造自己的价值，是完全掌握在自己手中的。

自行车的发明实现了人类的一个小小的梦想。可惜，当初要想骑着这种新奇的玩意自由地移动却很困难，因为它是由踏板直接驱动轮轴前进。为了加快速度，人们必须大幅增加前轮（驱动轮）的直径，创造出维多利亚时代著名的"大小轮自行车"。它的速度如愿提高了，但由于前轮巨大，操纵起来很不稳定，所以实际上并没有取得什么进步。

一个多世纪前制造自行车的技师所遇到的类似问题，即使在现代我们的日常生活中也会遇到：在面对问题与挑战时，传统的思维并不完全适用。如果只是墨守成规，就很容易陷入绝境找不到出路。因此我们应该寻找新的创意出路。怎么寻找呢？其实，办法往往就在眼前，只是你没有看见。

假如汽车保险丝断了，电脑突然死机，或是有个难缠的顾客缠着你要求退钱，遇到这些情况，都必须尽快找出简单而又可行的方法。然而，我们往往只见树木，不见森林——也就是说，解决问题的方法或许显而易见，但我们却一直没有看见它。以前自行车技师正式遇到这情形。巨大的车轮是由工人在用链条传送的工作台上制造的，直到有一天，一个技师才突然发现：为什么不用链条来带动后轮前进呢？现在，世界上有千千万万的人骑着自行车，我们看到了这创造所带来的结果。

你会以什么方式来解决难题？其实你也可以巧妙地运用一些小物品或小巧思，例如，你可以用铝制或铜制的回纹针暂替烧坏的保险丝，可以拔掉插头将电脑重新开机，也可以赠送一些小礼物安抚挑剔的顾客。

这些都是创造力的提升。

◎ 35 岁是创造力的分水岭

踏踏实实地埋头苦干，也许有朝一日你也能够成功。但是，如果你有好的创意，能够将司空见惯的事物进行改良，能够将人们需要的东西创造出来，成功之路就会轻松得多。当今是一个以智慧点化成功的时代，而创造力便是开启成功之门的金钥匙。

创新可说是社会不断发展、不断进步的泉源。如果没有创造力，那么我们人类或许还停留在几万年前的原始人时代，过着茹毛饮血的生活。就某种意义来说，一个国家的国力和国际竞争力的上升源自于它的创造力。同样的，对于一个人来说，要想有所成就，也要注重培养自己的创造力。它是一个人不断走向成功，在竞争中立于不败之地的重要保证。

曾有专家研究显示,人在二三十岁时,创造力处于最高峰,很多科学家和艺术家都是在这个阶段完成一生中最重大的科学发现;四五十岁以后,创造力开始走下坡路,人的思维模式形成一个定式,不再有重大创新;六十岁以后,日益保守,甚至可说是害多益少。

青壮年时,人的创造力如火山爆发,它一旦与机遇相会就能结出丰硕的智慧之果。我们来看看下面的事实:伽利略 17 岁发现钟摆原理;牛顿 22 岁创造微积分,24 岁提出万有引力定律;爱迪生 21 岁取得第一次专利,30 岁发明留声机、电灯泡;爱因斯坦 26 岁提出狭义相对论;歌德 25 岁发表《少年维特的烦恼》;伏尼契 25 岁写《牛虻》……

上述种种事例证明,不论是艺术上的创造或科学上的创造,青年时期是最具活力,最具有开拓精神的时期。34 岁荣获诺贝尔物理奖的杨振宁曾说,"当你老了,你就会变得很胆小。因为你一旦有了新思想,你马上会想到一大堆永无止境的争论,害怕前进。当你年轻力壮的时候,可以到处寻求新的观念,大胆地面对挑战,我常常问自己:'是否已经丢掉了自己的胆魄?'"

所以我们可以说,**创新热爱青春,而 35 岁正是创造力的分水岭**,如果你不想就此默默度过一生,请在 35 岁前努力开发一下自己的创造力吧。

◎创意来自完美的抄袭

或许你一直认为,发明创造是那些科学家、天才人物的事情,自己只是一个平凡的人,不可能有什么创造。且创意和创造力大部分是天生的,虽然可利用后天模仿来完成,但总还是会有力不从心的感觉。这就使得

"创新"二字涂上了神秘的色彩。不过千万别因此而沮丧，发明家、科学家他们同样是人，创新并不是他们的专利。如何创造自己的价值，完全掌握在自己的手中。发明家爱迪生就曾建议，要养成观察的习惯，注意别人已成功运用过的新鲜有趣的想法，你的想法才能在解决自己面对的问题时独树一帜。

不知道你有没有听过一句话，"**创意来自完美的抄袭**"，这并非是要你**一味的模仿、抄袭，而是点明了有时候创意就是以模仿为基础，只要在现有的事物上加点改变，发挥小小的创造力，就能带来大大的效果。**

当然大部分时候，创造力得要以想象力为基础，因为任凭思维自由地驰骋正是开发创造力的途径之一，而众人的脑力激荡更是激发创造力的有效办法。

对我来说，特别对脑力激荡出的创意有很深的感受。记得当初我还在传播圈工作时，有时候第二天就要交出节目脚本，但今天却还毫无头绪，此时我就会找几个同事或朋友，晚上到 PUB 去喝酒聊天，在天马行空的打屁胡诌中，往往创意就此涌现。即使是现在从事出版工作，我依旧会和同事利用每周一次的时间，一起讨论选题、书名等等。

◎培养创造力的方法

你是否觉得遇到难题时，无法突破思想的框框？是否需要新想法？那么也许你需要的正是脑力激荡。

其实，创意处处都有，奇迹时时发生，关键就在于你会不会动脑筋，是否随时培养注意开发自己创造力的潜能。对大多数人而言，创造力仍处于一种潜在状态,若欲将这种潜能发挥出来,关键是要掌握科学的方法。任何人在一生中,都会从细节中发现许多好的主意,关键是有的人对此极为麻木,没有意识到其价值,从而失去机会;有的人又缺乏决心去努力实现自己的美好创意,从而放过机会。以下是几种有效培养创造力的方法,在此与你分享。

1.**勇于否定自己**。当初发明 T 型车的美国汽车大王福特就不许研发人员对 T 型车进行改造和创新,哪怕只是把车体的黑色改成其他颜色。福特还曾经把研发人员偷偷研造的新车亲手砸烂。结果就是,虽然 T 型车风光一时,但福特公司却在后来的竞争中铩羽而归。由此可见,创新需要否定自己,否则,创新者将成为下一次创新的障碍。

2.**保持好奇心**。居里夫人说:"好奇心是学者的第一美德。"创造力强的人,兴趣总是十分广泛,对任何事物都有强烈的好奇心。即使面对最普通的问题,依然保持着强烈的好奇心和旺盛的求知欲,这种好奇心和求知欲驱使着他积极进取。

3.**培养敏锐的观察力**。创造力强的人,对周围环境都有着敏锐的观察力,能从平凡的事例中找出问题的关键所在,找出实际存在和理想模式之间的差距。这种差距便是创新的基础思想。

4.**打破旧思维的束缚**。敢于打破常规,才能取得非凡的成绩。在任何理念方面,没有所谓的"正确"或者"错误"之分,你不一定要遵守做事情的一般原则,放弃固有的思维方式和习惯,能够用最令人拍案称奇的办法取得成功才是厉害。

5.**不要失去勇气**。要从事探索,必须不怕冒险,必须面对常人无法忍受的困境,拿出勇气,全力以赴。即使遭到一连串的失败,依然坚信自己解决问题的能力。

　　要拥有创造力并不难,关键就在于你是否相信自己具备创造的能力。有的人不自信,是因为他认为创造力是一件很神秘的事,也是很难的事。他认为一个人如果没有足够的学识和能力,可能就达不到什么创造。其实创新可大可小,有时候就像拟一项计划那么简单,所以 35 岁前的你要对自己有自信,把握开发创造力的高峰期,相信自己也可以和别人一样出色,那么你就一定能拥有它。

　　当然,创造力的培养并不能寄望有什么捷径。创造力的提高是知识、技能和策略几方面同时发展的结果。也并非每个创意或行动都能如愿成功。但是,**人的创造力如同肌肉一样,锻炼越多,你的肌肉就会越结实;你的创造力越强,就越能得到游刃有余的发挥**。世界上所有美好的事物都是创造力的果实,创造者同时也是一个享受者。随着持续不断的创新,你一定会丰富自己的人生并迈向成功的阶梯。

第三部　左右人生方向的道路

25 应变力

"**以**不变应万变"已是上古时代的金科玉律。

在这个瞬息万变的年代,面对变局时,唯有沉着应付、快速应变,才能在不确定的状态下,马上抓到重点,做出正确决定。正如《谁动了我的奶酪》一书中所提到,在面对工作、生活的变化时,你所采取的应变反应,将左右你往后的人生。

社会发展到今天,变化速度越来越快,可以说到了日新月异的程度,只要稍有停顿,我们就会被远远地甩到后面。"以不变应万变"已是上古时代的金科玉律,早应化成灰烬。任何事物都是持续发展的,没有一成不变的东西,唯有在发展中追求完美,我们才会前进。在这个比尔·盖茨所追求的"速度"世界中,**"应变"成了唯一不变的求生获利的"真理"。**

古典文学家德莱顿曾说:"坚持原则的人,可能会成功,但更有可能会失败。""一路走来,始终如一"这八个字,虽然是人生必须坚持的原则,但是,当这个"原则"有朝一日成为你迈向成功路上的"石头",如果你还不懂得临机应变,将这颗"石头"暂时移开,那么你就永远无法达到你想要到达的目的。

在发展中变化,在变化中发展,这是永恒的真理。我们所学的知识也是一样,今天觉得很有用,到了明天可能一点用处都没有了,不仅没有用,可能还会阻碍我们的前进。那么在新鲜事物层出不穷、知识日益老化的今天,我们该如何应对这样的挑战呢?

◎你是小老鼠还是小矮人?

在这个瞬息万变的年代,面对变局时,唯有沉着应付、快速应变,才能在不确定的状态下,马上抓到重点,做出正确决定。正如《谁动了我的奶酪》一书中所提到,**在面对工作、生活的变化时,你所采取的应变反应,将左右你往后的人生。**

在书中,两只小老鼠和两个小矮人,同住在一座蕴藏丰富乳酪的迷宫中。有一天,他们赖以维生的乳酪山突然不见了。小老鼠立刻决定去找另一座乳酪山,但小矮人却因为无法接受突如其来的转变,每天怨天尤人,坐以待毙。

这本书用寓言的方式,说明人们在面对工作、生活的变化时,可能采取的应变反应。它所强调的是,在这个十倍速的时代,成长、汰换、变化的速度经常超乎预料,在面对变局时,你该拥有更多的应变力。

商业周刊曾经专访过趋势大师大前研一。当中提到,"在全球化的世界里,人们该如何自处?"大前研一说,**"轨道已经消失,你要学习走入新的丛林探险。训练自己预测与避开危机的能力。"**也就是我们必须拥有应变

力,并且学习在未知的世界里,与变化共舞。

本书的另一个作者流川美加举了二个例子,要我一定要写进来,她说这两个案例在 21 世纪是最具代表性的。

手机大厂摩托罗拉可能想都没想到,它潜在的强大对手竟然不是诺基亚,而是来自原本几乎瓦解且根本不做手机的苹果电脑——iPhone。就如同 SONY 也不能相信,它的敌手,竟然不是微软的 Xbox360,而是任天堂这样一个老化企业的突然一击,PS3 被 Wii 搞得溃不成军。摩托罗拉及 SONY 不仅情报收集太差,而且应变能力更是不及格。

在这个竞争渐趋激烈的市场,对于"把弱点转变成实力"以及"化危机为转机"的应变力需求日益迫切。"变,是不变的真理!"你必须随着外界的变化敏锐因应! 因为,不变,你就得等着被淘汰!

唯有面对危机而不逃避它才是正确的应变之道。这无非就是待变、应变与制变,这套准则不但适用于企业,也可为个人所应用。应变力的极致表现,就是能使危机化为转机,甚至出现柳暗花明的契机。

危机的时候变,不容易;太平盛世继续求变,更难! 20 世纪 90 年代,IBM 曾一度跌入谷底、动弹不得,后来却能靠着求变、创新,成功转型为全球最大科技服务顾问公司,它的应变力不仅企业要学,更是个人学习的典范。

企业的应变力尤其需要表现在因应市场上。现在的市场竞争激烈,企业都相当重视新产品的开发,期望借由"以新取胜"的竞争战略,来抢占市场先机。但对如何抓住商机,在开发新产品的竞争中捷足先登,不少企业却还不甚明了。究其原因,就是他们缺乏对市场的快速应变力。所谓市场快速应变力,就是指企业可用很短的时间了解市场、研究市场,然后再把市场讯息快速反映到决策者手中,经过认真、科学的论证,确定产品调整的具体目标,快速满足市场需求。

综观不少企业,之所以在产品滞销的情况下陷入绝境而一蹶不振,正是由于对市场缺乏快速应变力。而不少企业懂得迅速调整产品,适应市场需求,很快便能扭转经营上的被动,其诀窍恰巧就在于它对变化的市场能快速做出反应,真正做到"适应市场,引导消费。"正如前面提到的PS3、Xbox360 和 Wii 的战争,本来设想是三足鼎立的电玩市场,任天堂公司却能靠着更强的市场敏锐度及应变力,做到了分众市场,先将电玩市场分走一半,而留下另一半给 PS3 及 Xbox360 厮杀,这正是企业应变力的最佳体现。

◎缺乏应变力的领导者的毛病

应变力对社会、对企业来说既然是那么关键,为什么还是有很多企业不肯"应变"?这就涉及领导者是否具有两个本领:应变的"意愿"与应变的"能力"。

缺乏"应变"能力的企业,通常都犯了四个共同的毛病,而关键就出在领导者的惰性、胆小及"一成不变"上。

1.领导者过分自信,面对报喜不报忧的资讯,都信以为真。

2.领导者被周边小人包围,出现各种理由来拒绝应变。

3.利益团体与有权力者结合,共同以各种堂皇说辞,反对改革。

4.领导者小心翼翼为求自保,不敢担负改革风险,形成"以拖待变"的鸵鸟心态。

企业的成功是来自企业内的全体员工；企业的失败，则来自领导者本身的缺乏应变力。一个拥有应变力的领导者应该能掌握住组织内部的可用资源、资讯、人才及市场上对手的实力。并且他要是一个处理风险的高手。这些风险包括利率、信用、价格等变化及政府政策改变可能造成的影响。还得要能洞察科技的变化，并且能够创造价值，赢取顾客。最后就是要拥有执行力、谦卑及品德。

应变力说来不难，做来却不容易。每个人都该主宰自己的事业及人生。所以应变力不只是领导者应具备的特质，也是每个身在职场及所有期望胜出的人应该具备的能力。

至于该如何让自己拥有应变力，我建议平时多走出去，去敏锐地发现问题。如果不敢说已经做到最好，达到完美，那么它就一定是有问题的，一定有地方可以改进。能不能改是一回事，但是你必须先能发现。

同时，可以多涉猎一些资讯，有空的话多看看书、多学习，与工作相关，或是时尚、科技的资讯都好，丰富自己的见识，开阔视野。才能在遇到问题时，有足够的知识作后盾，并且拟出解决之道，如此应变力自然就能提高。

达尔文早在 19 世纪就提出"适者生存"的学说；就是在指出"适者"需要具有"应变"的能力。**如果"适者"才能生存，那么"变者"就能获利。**因此只要你有"改善"的决心与"应变"的能力，就有机会在这个社会不断前进。

第三部　左右人生方向的道路

6人际交往力

俗话说，"生时靠人带，死时靠人拜。"人际关系的重要再简单不过。在这个人脉等于钱脉的时代，无论你是已经在社会上摸爬滚打许久，或者是刚入社会的新鲜人，拥有人际交往力，懂得人脉的经营，绝对是你平步青云、累积资产的最佳秘诀！

　　中文的"人"字，一撇一捺，相互支撑、相互依存、相互帮助，完美地诠释了人的生命意义所在。对于我们生存的这个世界来说，人是最宝贵的，人也是最重要的。只要生存在这个世界上，不管愿意与否，你都必须和人打交道。没有人能够真正地到深山峻岭去隐居，忍受那种鲁宾孙式的孤独生活。为了让自己的努力换来更大成功，我们离不开社会环境，离不开周围的人。

　　俗话说，"生时靠人带，死时靠人拜。"人际关系的重要再简单不过。在这个人脉等于钱脉的时代，无论你是已经在社会上摸爬滚打许久，或者是刚入社会的新鲜人，拥有人际交往力，懂得人脉的经营，绝对是你平步青云、累积资产的最佳秘诀！

从一出生开始,我们就和这个社会有着千丝万缕的牵连。首先是要和父母、家人接触相处,长大之后到学校读书、参加社交活动,到最后进入社会职场工作等一连串的人生经历中,我们与无数个人有过交往,有的成为了我们的普通朋友,有的甚至成为我们的至交。绵密的人际关系,对我们人生有极其深刻的影响,可以说,人际交往力的高低,直接影响着我们一生的成功与幸福。

◎ 人际交往力是你升迁的保证

一家大型企业的两位最年轻副总裁,是高层刻意培养的接班人。这两位年轻人,一个主管电子中、下游产业的客户关系,另一个主管电子上游产业客户关系,平日往来的对象都是各大电子业的老板与财务经理们。为什么在这个充满竞争的金字塔形的组织里,老板却提拔了这两个年轻人呢?

"论聪明、论销售,大家都是不分伯仲,但是,他们的人脉竞争力却高人一等。对内,可以服众;对外,则可以取得客户的信任,这是他们出线的原因。"老板这样解释到。可以说,他们成功的原因就是他们比别人强的人际交往力。

为了解人际能力对一个人的成就所扮演的角色,哈佛大学曾针对贝尔实验室(Bell Lab.)顶尖研究员做过一个调查。他们发现,被大家认同的杰出人才,专业能力往往不是重点,关键在于"顶尖人才会采用不同的人际策略,而这些人会花较多时间与那些在关键时刻会对自己有帮助的人,在平时就培养良好的关系,因此当他们面临问题或危机时便更容易化险为夷"。

近几年流行的英文"Man keep"，意思是人脉经营，但人们更喜欢根据发音直接称其为"脉客"。脉客指的就是那些善于利用人脉、经营人脉的人。史丹佛研究中心曾发表过一份调查报告指出：**一个人赚的钱，12.5%来自知识，87.5%来自人脉**。这个资料是否令你震惊？人脉如同金钱一般，也是需要管理、储蓄和增值，因为唯有如此，人脉才会变成钱脉，朋友才会变身为帮助你实现人生飞跃的"贵人"。

在好莱坞，流行一句话：一个人能否成功，不在于你知道什么（what you know），而是在于你认识谁（whom you know）。卡耐基训练（Carnegie）台湾负责人黑幼龙指出，这句话并不是叫人不要培养专业知识，而是强调**"人脉，是一个人通往财富、成功的门票"**。

联谊、集训、研讨会等，都是许多人在一起的集体活动，即便你兴趣不大也还是积极参加比较好。之所以这么说，是因为此类活动所创造的交际机会是非常多的。比如，有些不喝酒的人，稍微喝了一点，就把心里的话全都倒出来，从此与这些人结为好朋友。如果你总是说，"乱哄哄的有什么意思"之类的拒绝话语，那么以后就不会有人再邀请你了。

其实各类社团组织、学术团体是不爱人际交往的人可以尝试的第一步，由于聚集着各种人才，大家志趣、爱好相投，有共同语言，可以互相切磋技艺，研究学问，很容易就拉近彼此的距离。所以通过定期举办的各种活动可为其成员提供充分的交往机会，所以，不要放弃你感兴趣的任何团体。

如果你是性格内向的人就更应该敞开心扉，以坚强的意志克服自己的厌倦情绪，积极寻找与别人交往的机会，也许你会发现交际是很快乐的事情。想把内心封闭起来的躯壳，一经行动便会被打破，一经打破，其后自会容易得多。

你还可以丰富自己的兴趣和爱好。兴趣爱好广泛的人,易于和各种人交朋友,因为兴趣爱好一多,与大家聊天的话题就多,结交朋友的机会也就多了。即使自己并不擅长某一方面,但若表现出浓厚的兴趣,也会博得对方的欢心,因为你肯定了他的特点,引发共鸣。

◎编织属于你的人际网

当你走出去时,会发现人们是形形色色的,因此要编织好这张人际网,还要注意以下几点:

1.维护自己的声誉

我有一个朋友曾经去日本留学,在课余时间就到餐厅打工,工作是洗盘子。日本的餐厅有一个不成文的规定,那就是每个盘子都要用水洗 7 遍。由于这是个计件工作,所以忙了一天,他也赚不了多少钱。于是,他就计上心来,每次都把盘子少洗两遍,以此来提高工作效率。

当他大幅度提高效率的时候,老板做了详细的检查,用专业的试纸发现盘子并没有像规定的那样清洗 7 遍。当老板责问他时,他还振振有辞地说:"你看,洗 7 遍的盘子和洗 5 遍的盘子在外观上是根本看不出来的。"老板听了他的辩解之后只是淡淡地说:"可是你并不是一个诚实的人,所以请你离开。"

其中的道理不知道你看懂了没有。声誉的形成和消失都有着自己的规律,那就是声誉的形成要经过很长的过程,也要经过很多事情的检验,但声誉很可能在一天或者一瞬间就无影无踪了。每个人都要注意自己声誉。声誉是一块试金石,它能打开人类心灵的枷锁,也能帮你赢得对方的心。

2.欲取先予

帮助别人不仅利人,同时也提升本身生命的价值。不论对方是否接受你的帮助,或者是否感激,想想看,如果每个人都帮助另外一个人,世界将变得多么和谐与美好!当然,我们每一个人也都会得到别人的帮助,这就是"人脉储蓄"。

在银行开户,你可储蓄你闲散的资金,以备不时之需。你存得愈多,你的财富就愈多。所谓"人脉存折",就是把银行开在朋友的心中,为了维系你们之间的关系,你存入的是付出友善、真诚关怀,你的人脉存折存入的资金就越多,你与朋友的感情就越深厚。在你急需帮助的时候,朋友对你的帮助就会越大。

3.注意小节

一些看似无关紧要的小节,如疏忽礼貌,不经意的失言,其实最能消耗人脉存折里的存款。在人际关系中,最重要的正是这些小事。

虽然和朋友在一起可以随兴些,但也绝不能太肆无忌惮。当你不拘小节到让他感觉不尊重的地步,那就过分了。比如你认为和朋友关系好,就可以随便拿他的东西也无需打招呼,很可能朋友就生气了。

小节之所以如此重要,是因为小节最能够真实地体现一个人的内心世界。尤其是在人与人之间的关系中,在人与人的感情上,小节常常就意味着一切。能做到有理有节是很宝贵的,这将使你受益无穷。

4.不要让性格差异成为障碍

常言说:物以类聚,人以群分。志趣相投的人容易接近,反之,则容易疏远。但要记住,社交与选择朋友不完全是一回事,社交圈中有朋友,但更多的不是朋友,或者只是普通的朋友。因此,社交过程中,不要用选择朋友甚至是知心朋友的条件来作为标准,凡是志趣不符、性格不合的人一概拒之门外。

威尔·罗斯说过:"我从来没有碰到过我不喜欢的人。"这句话用在社交圈中是很合适的,若要扩大交际范围,就要学会接受他人的独特个性,即使是自己并不喜欢的个性。在社交圈中认识的新朋友应是与你有较大差别的人才好。朋友之间在知识结构、兴趣爱好、生活经历、气质性格等方面存在差别,有助于双方广泛地了解形形色色的社会生活层面。新朋友的见解即使与你大相径庭、迥然不同,也是一大幸事,因为你会借由他的角度,看到他眼中的另外一个世界,从而补充、丰富你自己的思想。

当你拥有广阔而丰厚的人脉资源后,你会发现好处非常多,也许是获得新讯息,也许是结识新朋友,也许是找到赚钱的好点子。常言说,"一个好汉三个帮,一个篱笆三个桩","一人成木,二人成林,三人成森林",说的都是要想成大事,必定离不开别人的帮助和支持。

世界首富比尔·盖茨在他 20 岁时签到第一份合约,这份合约是跟当时世界第一的 IBM 公司签的。当时,他还只是在学的大学生,没有太多的人脉资源。那么,他是如何钓到这么大的"鲸鱼"?可能很多人不知道。原来,比尔·盖茨之所以可以签到这份合约,中间有一个中介人——比尔·盖茨的母亲。比尔·盖茨的母亲是 IBM 的董事会董事,妈妈介绍儿子认识董事长,不是很理所当然的事情吗?比尔·盖茨就是因为得到 IBM 这张大订单,才奠定事业成功的第一块基石。

　　人们常说,"30 岁前靠专业赚钱,30 岁以后则是要靠人脉赚钱",与人相处,就像银行中的零存整取,平时一点一滴的储蓄,会在几年后变成一笔不小的数目。人脉网的建立,需要时间的累积。总有一天,人际交往对你而言,就能像日常生活一样自然,不需花费心力,因为对于他人,你自然而然产生的互动和魅力,已经征服他的心。

第三部　左右人生方向的道路

27 情绪管理力

19 世纪的黑死病是"肺结核"，而 20 世纪的黑死病是"癌症"，那么什么是 21 世纪的黑死病？答案是"忧郁症"。如果你每天都是选择过得沮丧、难过或不平，那当然也不会有彩色、美好的人生。

情绪管理力在职场上尤为重要，不好的情绪管理能力不仅会直接影响到周围的人，更会间接影响我们对事情的判断力。

19 世纪的黑死病是"肺结核"，而 20 世纪的黑死病是"癌症"，那么什么是 21 世纪的黑死病？答案是"忧郁症"。如果你每天是选择过得沮丧、难过或不平，那当然也不会有彩色、美好的人生。

1995 年，美国心理学家丹尼尔·高曼出版了一本探讨情绪管理并造成各界广大回响的著作《EQ》。EQ 指的是"情绪智商"，就是情绪指数、情绪智慧，也就是我们经常说的管理情绪的能力。情绪管理就是善于掌握自我，善于排解、调节情绪，对生活中的矛盾和事件引起的反应能适可而止

地排解,能以乐观的态度、幽默的情趣及时地缓解紧张的心理状态。

一个心理成熟的人,并不一定都有好脾气,而是善于调节和控制自己的情绪。冲动的情绪其实是最无力的情绪,也是最具破坏性的情绪。无论是身价显赫的大人物,还是街头巷尾的小人物,许多人都会在情绪冲动时做出使自己后悔不已的事情来。人不可能永远处在好情绪之中,生活中既然有挫折、有烦恼,就会有消极的情绪。所以我们要慢慢学会调节和控制自己的情绪。

这并不是说要消极地压抑自己的情绪。心理学研究表示,"压抑"并不能改变消极的情绪,反而使它们在内心深处沉积下来,当它们累积到一定程度时,往往会以破坏性的方式爆发出来,给自己和他人造成伤害。比如我们常会看到一些"老好人",有时会突然发火,做出一些使人吃惊,或者让他自己也后悔的事来,这往往就是平时压抑的结果,同时压抑还会造成更深的内心冲突,导致心理疾病。

◎别为了一只苍蝇断送性命

生活中我们常看到有人因不能克制自己,而引发争吵、殴打,甚至流血冲突。有时可能仅仅是因为在捷运上被别人踩了一脚,在商场里被挤了一下,就成为引爆一场口舌大战或拳脚相向的导火线。在社会上,很多冲突事件都是由于当事人不能冷静地处理"小事"而发生的。

1965 年 9 月,纽约世界撞球大赛的冠军战,在路易斯·福克斯和约翰·迪瑞之间进行。

福克斯比数一路遥遥领先,似乎注定了迪瑞的失败。然而球场突然飞进一只嗡嗡作响的苍蝇,它绕着球台盘旋几圈,然后停在母球上。福克斯微微一笑,轻轻地挥手,赶走苍蝇。可是当他俯下身子准备击球,苍蝇又在球台上方盘旋,而后落在母球上,于是观众席传出一阵笑声。福克斯又轻嘘地一声将苍蝇赶跑。但是当苍蝇第三次飞到球台上时,在观众的哄笑声中,冷静的福克斯失去理智,用球杆去拨那只苍蝇,想把它赶走。

不料,球杆碰到母球。苍蝇是不见了,但由于犯规,福克斯失去了继续击球的机会。迪瑞就充分地利用这幸运的机会,连续得分,最后反败为胜夺得世界冠军。而第二天早上,有人在河边发现了福克斯的尸体,因为他无法接受失败的打击,自杀了。

美国第 34 任总统艾森豪威尔曾说过:"**能控制自己情绪的人,可以成就任何大业。**"反过来说,不能控制情绪的人,便注定失败。只是一只苍蝇,就能让人失去冠军、失去性命。

情绪管理力在职场上尤为重要,不好的情绪管理能力不仅会直接影响到周围的人,更会间接影响我们对事情的判断力。

我朋友老徐在传播圈工作时,曾经遇过脾气很差的制作人。节目录影时,看不顺眼就破口大骂,搞得录影现场中断。如果是碰到有来宾和现场观众的综艺节目,不仅得挨制作人骂,还要安抚主持人、来宾的情绪,甚至要再重新带动观众,让现场恢复原本的欢乐气氛。虽然中断五分钟,却得花上好几倍的时间才能重新录影。

人在面对麻烦或紧急状况时,往往也最需要头脑清醒、思路清晰和明智判断。但往往这个时候,当事人不会有精辟的见解,因此就不会有正确的判断力。因为健全的判断,基于健全的思想;而健全的思想,又基于清醒的头脑、快乐的心情。所以当情绪不佳的时候,千万不要做出决断。

在希望彻底破灭、精神极度沮丧时，还要做一个情绪管理良好、保持理智的乐观者，是一件很难的事，但在这种情况下，才能真正显出人的意志力。

◎人人都可是"明日来"知府

明朝的松江知府赵豫，平日对百姓关怀备至，深受爱戴。但赵豫处理日常事务，有自己的一套方式。每次见到来打官司的，如果不是很急，他总是慢条斯理地说："各位消消气，明日再来吧。"起初，大家对他的方法很不以为然，甚至还送他一个"明日来"的绰号。但赵豫总是笑笑，从不责备那些叫他绰号的人。

后来，赵豫对人说起"明日再来"的好处："很多人来打官司，是乘着一时的激忿情绪，而经过冷静思考之后，或经别人的劝解之后，往往气就消了。气消而官司平息，这就少了很多恩怨。"

赵豫这种"明日再来"的处理官司做法，是合乎心理规律的。以**"冷处理"缓和情绪，不急不躁，才能理智地对待所发生的一切，避免不必要的争执**。

如果我们能够调整自己，使自己摆脱消极情绪的控制，就有力量来面对不如意的现实。当感到自己情绪消沉或者沮丧的时候，也可以试试"明日来"的方法。暂时不去想引起不好情绪的事情，可以用转移注意力来改变它，比如出去散步、听音乐、打球，或是逛逛商店，也可以向知心的朋友哭诉一下。心理学研究表明，哭泣有治疗的功能，人在痛哭一场后，往往心情就变得好多了，因此你不必为哭泣而害羞。

当然你也可以写日记，或打心理咨询热线，让自己的坏情绪宣泄出来。用语言、用行为来发泄心中的不良情绪，保持心态平衡，也是一种方法，合理的宣泄对于释放情绪，缓解压力有很大的帮助。你甚至可以爬到山顶，对着山下大叫发泄，大叫的时候做着夸张的动作，放松了、发泄了，情绪也平稳了。

除了宣泄以外，如果你能够为改变自己的处境而去处事，或者以逆境为人生的动力去努力奋斗，就会更有助于你从消极的情绪中摆脱出来，因为一方面做事的过程需要集中注意力，让你没时间去自怨自艾；另一方面，在你的处境得到改善的过程中，你的眼界会变得更开阔，从而可能使你对生活产生新看法。

◎转念远离负面情绪

我的侄女亭亭今年刚升上国中，在学校看到一些穿着奇特的"大哥大"、"大姐大"级人物，装扮和行径常惹人注目。侄女和同学只是看一眼，就有个大姐大冲过来，瞪着她们说："看什么看！"一副要揍人的样子，把她的同学吓坏了。

幸好我侄女马上说："喂！你这是干什么！她刚刚还说你长得好漂亮喔！"那个大姐大脸色才缓和下来，悻悻走开。我听完后开玩笑地对侄女说："你好虚伪喔！"她却很不服气说："你为什么不说我好机警呢？"

可见同一件事情，看的人角度不同，认知上就有很大的差异，同样是"看"，可以解读成因奇装异服而看，或是不屑地看，也可以是赞美地看，解读的关键在于健全的自我概念所带来的自我克制。**往往只要我们转一下**

念头,就能扭转原本的负面情绪,何乐而不为呢?

情绪管理是一种能力,也是一种技巧。既然是技巧就有规则可循,就能掌握,就能熟能生巧。只要我们多点勇气、多点机智、多点磨炼、多点感情投入,我们也会像"EQ高手"一样,营造一个有利于自己生存的环境,降低与他人的摩擦,减少挫折带给自己的伤害,让自己生活得更加悠然自得。

不只是35岁前,就算35岁以后,你都要懂得做自己情绪的主人。因为只要拥有情绪管理力,你就可以影响别人。就像在喧嚣拥塞的城市中,亲切问候每位乘客的公车司机,能将满怀喜悦传染给每个乘客;而乘客从司机身上感染到这种热情,就像某种病毒的携带者,将公车上快乐的因素传播到城市的各个角落。情绪的感染力就是如此遍及生活各层面,不仅攸关人际关系的和谐,也能使职场生态改变。高人一等的情绪管理力将会是你决胜的关键。

第三部 左右人生方向的道路

28 冒险力

美国天普大学心理学家法兰克·法利推崇那些喜欢冒险的人是惊险的探索者，富有创造力及可塑性，并且勇于创造自己的生活。

向危险学习是未来领袖的必经训练，它可说是一切成功的前提，没有冒险就没有成功。

这是一个越来越没有轨迹可循的未来。有大学文凭不见得就能找到工作，没文凭也不见得就冒不出头。美国前教育部长莱礼说："2010 最热门的职业，现在还没有出现。"但是你敢因为这样就不读书吗？我相信没有太多人有这个勇气，但是当初比尔·盖茨做到了，他毅然决然地从哈佛休学，勇于冒险，所以他成功了。美国天普大学心理学家法兰克·法利推崇那些喜欢冒险的人是惊险的探索者，富有创造力及可塑性，并且懂得创造自己的生活。

向危险学习是未来领袖的必经训练，它可说是一切成功的前提，**没有冒险就没有成功。不试，是最大的失败！**

有人说：**冒险是每个人心里都存在的想法，只是看你有没有勇气付诸行动**。事实上，所谓冒险，并非仅指跨入未知的土地、海洋及宇宙。在日常生活中，当我们遇到旧的习惯或不合理的制度时，想要设法去改革和改变它，促成这种改革的想法本身就是一种很大程度上的冒险。

俗话说得好："富贵险中求"，冒险是一切成功的前提，没有冒险就没有成功。对于一个没什么兴趣且安于现状的人来说，冒险是唯一可以解救他的东西；对于一个小有成就的人来说，冒险会使他的投资赢利更多，事实上，冒险本身就是一种投资。风险和收益成正比，冒得险越大，成功所带来的收益就越大。一个机会的来临往往也伴随着一些风险和利益的丧失，这往往是机会对你的考验。敢于承担一些风险的人，机会就会降临在那些人的身上。当我们认定一个事情，并义无反顾地去做的时候，这个机会就会变为成功的机会。即使我们不认为每次冒险都会成功，但那些不敢冒险的人是没有可能成功的。

冒险就是向自我挑战。让自己的思想更成熟，让行动更果断，让自己成为一个有成就的人。如果照这样去做了，我们的生活就会更富裕、充实、更激动人心。一旦开始冒险，一个充满机会的世界将展现在我们的面前，在这个世界里，冒险所获得的回报，是如此的丰富和令人欣慰。科技、商业、教育、娱乐等等，所有的行业都在呼唤那些勇敢地面对现实、冒险力强、大胆进取的人。

◎冒险力是成功的首要因素

时下，冒险力已成为一个时尚的名词。美国顶尖 MBA 的生产地——宾州大学华盛顿商学院自 1998 年起便采用一项实验性教学"华盛顿领导力探险计划"。将青涩的 MBA 学生丢到野外,让他们面对最严峻的考验,去冒险、在危险中学习,这跟企业领导者常会碰到关键时刻的决策情境一样。

拥有冒险力就是说你愿意冒险、愿意尝试及愿意去改变你的行为、你的思维方式和生活态度。拥有冒险力,我们才能抓住机遇,把握成功,企业家才能实现他们的战略决策。

微软帝国的皇帝比尔·盖茨曾表示,成功的首要因素就是拥有冒险力。在任何事业中,**如果抵触所有冒险行为的话,就相当于拒绝了所有成功的机会**。在他的一生当中,最持续一贯的性格就是强烈的冒险天性。他甚至认为,如果一个机会没有伴随着风险,这种机会通常就不值得花心力去尝试。他坚定不移地认为,有冒险才有机会,正是有风险才使得事业更加充满跌宕起伏的趣味。

他从学生时代就开始培养自己的冒险精神。在哈佛的第一个学年,盖茨就故意制定了一个策略:在平时尽可能地多跷课,然后在临近期末考时再拼命地努力。他想借由这种冒险,检验自己如何能用最少的时间,来得到最高的分数。**而通过这个冒险让他发现了一个企业家应当具备的素质:如何用最少的时间和成本得到最快最高的报酬**。

当然,这并不是在劝说大学生都要跟比尔·盖茨学跷课,或者把工作压在最后一刻完成,这只是为了说明只有敢于冒险,我们才能够更清楚地探测到自己能力的极限。如果总是按部就班地学习、工作,我们永远都不会发现原来自己可以在一天之内完成以前四五天才可以完成的工作,原来自己也可以更有效率、更有创意地做某件事情。

◎你是猴子王吗?

有一群专门研究猴子的专家来到一个孤岛，这里有近百只的野生猴子。它们一向是生活在孤岛的密林中,跟海洋几乎无缘,只是偶尔有猴子不慎从山崖上失足落海而已。

一天,一只年轻的猴子来到过去一向令它们畏惧的海边,这可说是它的初次冒险,而且冒险成功了。于是,年轻的猴子便一个接一个地模仿,来到海边觅食。不久连小猴子和母猴也敢来到海边。贝类成了它们喜爱的新食物,同时它们还学会用海水洗甘薯。这样不但能洗掉甘薯上的泥巴,而且还沾上一点咸味,让甘薯好吃许多。

只是猴子王怎么也无法适应海边的生活，对于总是生活在密林的它来说,根本无法踏到海边。当专家们把香蕉等水果扔在海里时,猴子王只能看着年轻的猴子享受美味,自己却毫无办法。

这群猴子的经历和我们的成长多么相似。我们所生活的社会有着很多限制我们思想的规矩。社会的习惯、制度等都是经过漫长历史发展而来,因此,要想突破这种习惯和制度去冒险,实非易事。而且随着我们智慧的增长,便更容易产生胆怯。当我们的心已老的时候,就会像猴子王一样,不敢尝试新鲜事物。愈聪明就愈不会轻易地朝不明确的目标前进。我们总想等一切都调查好之后再尝试,那么勇气就会慢慢离我们远去。

我们不但要靠学习来增长智慧,更要永远保持冒险精神,这样才能拥有年轻的心态。如何使两者并存,是个很困难的问题,但不管怎么说,在人类社会中,为了发现新世界,创造新境界,冒险力无疑是十分需要的一种能力。

　　可以说,**冒险力是心态年轻的人才拥有的能力**。有些人虽然年轻,却已失去了青春的朝气和冒险的精神,有些人虽然年老,却能青春焕发,充分发挥其聪明才智并做出巨大贡献。

　　不过,拥有冒险力并不仅仅指拥有冒险精神,更是指理性的冒险精神。

　　冒险的目的是什么,是生存,是为了生存得更好。为了这个目的,我们需要冒险,尤其需要理性冒险。有一点很重要,逆天而行是不可行的,当环境、条件不允许你做一件事情的时候,你非要做,那就注定是要失败的。

　　常言道:"先探清门路再走。"当你下定决心做或不做一件事之前,要先仔细地进行事前调查。也许有人会说,往往知道愈多就愈小心,以致最后结论肯定就是不要冒险。如此一来,就永远别想有所成就了,何况,即使是在事前经过详细调查,也无法完全做到防范危险的可能。但事前调查并不等于是说把一切可能发生的情况都了解清楚,它强调的是了解冒险所面对的环境、所需要的能力等。冒险需要有勇气与资本,绝不能单凭感觉或运气,去克服困难。若能从较确定的情报中,靠着某一种灵感去冒险,才能有成功的机会。

◎拥有冒险力的训练

　　一个拥有冒险力的人,一定不是一个只知一味冒险而从来不仔细思考的人。他是一旦决定要去做,无论结果如何,都绝不会后悔的人;是一个在冒险的过程中,无论遇到怎样的困难都不会退缩、不会停止自己向前冲的脚步。

如果他觉得去做这件事是冒了一定的风险，他就会预料到在完成的过程中必然有很多障碍和很难解决的困难。但他秉持着一种"尽一切努力去达成"的想法和精神，并且在完成这件事情的过程中始终贯彻这种精神，这样，即使结果不是最完美的，他也不会后悔，因为他已经尽全力了。

他深深地体会出，在努力过程中所学到的东西已经足够弥补失败所带来的损失，他得到了一般人永远无法得到，甚至是无法想象的精神和知识的财富，那是用任何胜利都无法比拟的。所以，即使失败，也是值得的，冒这样的险，也是正确的决定。

既然冒险力如此重要，你该怎样才能拥有，才能理性地发挥冒险精神呢？不妨进行以下训练，相信可以帮你离目标更近一点。

1.**严肃对待理想**。永远相信自己的能力，下定决心做某件事情时能够排除一切干扰，专一执著。

2.**循序渐进**。"饭要一口一口地吃，路要一步一步地走"，这样我们才能在这条没有尽头的人生跑道上合理地分配能量，体验更多冒险带给我们的快乐。

3.**不要对理想做负面的假设**。只有信心十足地面对未来的理想，理想才有助于我们成长，否则理想对我们而言就是一种压力和负担。

4.**确立自己的原则**。不用管别人是怎么做的，关键要我们自己要去创造我们的未来，坚持我们做人的原则。

5.**从错误中吸取教训**。失败本身并不可怕，可怕的是不能从失败中吸取教训。只要能从失败中获取经验，失败就是有意义的。

　　对你来说,成功并不需要像比尔·盖茨一样冒险休学。现代社会的发展,已经为我们提供很多通往成功的经验和方法,但是这并不表示我们不再需要冒险力。相反的,我们更需要有冒险的勇气和精神来激励我们,需要把自己"逼到绝路"上,如此才能激出最大潜能,达到成功的目的。

第三部　左右人生方向的道路

9 企划力

许多人认为企划力是每个人与生俱来的天赋能力之一，无法通过后天学习。其实，天赋纵有不同，但只要经过有计划的训练，任何人都可以将企划力开发至无限。

创意和企划的产生其实是不太相同的，简单来说，创意比较像是无中生有，有时候需要的是天赋，而企划重视的是分析现有的状况和条件，是可靠后天努力来完成。

最近掀起了一股上班族要有执行力的旋风，但是我认为在执行力之前，应先建构企划力，有了企划力才有执行的蓝图，进而才能展现带队作战的领导力。因此，我认为企划力、执行力、领导力是检视精英人才的三大指标能力。

那么，到底谁需要企划力呢？创意工作者？企划人员？或者我们把范围再扩大一些，只有从事商品企划、行销企划、经营企划的上班族需要企划力吗？答案是否定的。企业；上至高阶主管，下至一般员工；政府机构上

至政府首长,下至一般公务人员,甚至贩夫走卒、家庭主妇,每个人都需要企划力。

谁说家庭主妇就不需要企划力?我同事澎澎的妈妈就是我见过最有企划力的家庭主妇,每周日下午,她就会开始设计未来一周的晚餐菜单。譬如她会列出周一的主菜是咖哩鸡,周二糖醋排骨,周三吃豆瓣鱼,周四吃拉面,周五换炖牛肉……,而且她还会从报章杂志上剪下类似主餐的图片,贴在每周的菜单上,再把这秀色可餐的菜单贴在冰箱,清楚地公告给家人,提醒他们记得回家吃晚餐。

从另一个角度来看,事先设计好一周菜单,不仅可以整合采买食材的时间,而且还可以事先做好采购预算,避免不必要的浪费,可以说是一举数得。

那么何谓企划力呢?简单地说,**企划力就是为了协助解决问题,达成目标,而提出的构想或点子**(ideas)。

◎创意和企划

许多人认为企划力是每个人与生俱来的天赋能力之一,无法通过后天学习而得。其实,天赋纵有不同,但只要经过有计划的训练,任何人都可以将企划力开发至无限。

创意和企划的产生其实是不太相同的,简单来说,创意比较像是无中生有,有时候需要的是天赋,而企划重视的是分析现有的状况和条件,可靠后天努力来完成。

对于企划力,近年来企业已经在客观需求逐步形成的同时,逐渐产生认同。值得庆幸的是,不论企划人的"鼓"与"吹",大众传媒的"推"与"荐",还是经由企业自身经验中的"成"与"败",都在不约而同地昭示并且强化这种认同。为了将自己的发明转化为产品,且转化为回笼的现金,为了完成已经预定的销售额,为了给已经"打响"的品牌延伸产品线,为了与对手争夺,为了跨地区跨行业……

总之,为企业立世的见识所"催",为企业发展的情势所"逼",许多企业纷纷设立了企划部。更有甚者,来不及等待内部"企划力"的形成与提升,便纷纷举起"借脑"的大旗,向外部的顾问、专家和专业企划公司借取"企划力"。当然,要向外部谋求企划力,得有一个重要前提,那就是企业本身必须有完整的主体能力,可以判断需求、评价企划方案,也就是要具备合格的"决策力"。

◎企划力是什么能力?

由于企划力最终目的是要协助解决问题,达成销售目标。因此,为了圆满解决问题或达成目标,所提出的任何企划想法都必须具有可执行性。我之前曾看过一些有很好创意的企划案,但它们却无法被执行,也许是卡在预算或是时间点不对等问题,总之要做出一个可被百分百执行的企划案,要顾虑的事可说是相当的全面。既然企划力对企业如此重要,那么企划力究竟是什么样的能力呢?我认为它至少应该要综合以下几种能力:

1.**观察力**。企划前必须有敏锐的观察力,从平凡的事物、现象中,找出未来趋势的线索及需求。

2.**分析力**。要达成企划的目标,就要先解决面临的问题,而解决问题的第一步就是要了解并分析问题的核心,才能对症下药,解决问题。

3.**情搜力**。寻求广泛的资料,过滤产生有用的资讯,才可以加强企划案的广度而不局限于本身有限的资讯。

4.**判断力**。依所得的资讯,做出最适当的决策。

5.**创意力**。创意是为企划加分的重要元素,但绝非企划的本质,很多企划常因忽略创意或误将创意当成本质而导致方向偏离,成效不彰。

6.**整合力**。了解企业所具备的资源,并拟定适宜的企划案,或在资源不足的情况下,整合其他资源补不足之处,一般而言,这项能力需要一些经验的累积。

7.**企划具体描述能力**。将想法具体化,以文字图片等方式正确地传达给其他人。

8.**沟通力**。取得组织对构想达成共识与认同的能力。

9.**执行力**。企划案要能圆满执行,企划人的执行能力是最后的关键,除了以有效的管理确保企划案的进行,同时必须根据实际执行状况适度修正,以达预期效果。

对企业来说,就算得到了好的企划方案,都只能算是万里长征的第一步,因为,"企划"只是企划作业流程中的一个环节,它虽然具有产生创意、设计行动方案以供决策的功能,但其本身还不能算是企划作业行为的全部。**如果没有"执行力"与"企划力"相匹配,那么"企划"只能是白搭,甚至比没有更糟。**

因此,拥有优异的企划力,不管这企划力是"自备"的还是"借来"的,都并不等于这个企划案一定会成功,而只有具备了与企划力相当的"执行力",才可能真正保障企划的效果与价值。不难理解,对企划人和企业领导者两方面来说,都应该对"企划力"与"执行力"之间有高度的重视。

◎用企划力创造价值

以企业的角度来看,在这个跃进式的创意时代,商品的生命周期变得很短,昨日的热销商品今日或许就被新商品取代,竞争对手也由以往的同业变成来自异业的对手,邮局何曾想过他的递送服务竟会被便利商店所取代。如何在这样变化快速、竞争激烈的环境下生存,就需仰赖超强的企划力,在变化快速的情况下创造企业价值,增强竞争力。

所以未来企业最爱也最抢手的人才就必须具备三种企划力:商品企划力、行销企划力、经营企划力。在知识经济时代,知识是最有力的武器,但光有知识是不能致富的,比如,大学教授可以说是最有知识的人,但他们并不是最富有的人。如何将现有知识商品化,需要的是商品企划力;有了商品,如何让消费者喜欢、爱用,变成畅销品,需要的是行销企划力;有了畅销的商品,如何让商品行销全球、扩大公司的经营规模,需要的是经营企划力。

所以,不论你是什么身份,都应该培养企划力,因为它可以培养思考能力、帮助解决问题,不管是应用在生活上或工作上都是实用的能力;对企业而言,企划力就像作战时的战术,少了战术,企业就像一群散兵,缺乏战斗力的企业很容易就阵亡。**竞争越激烈就需要战术,胜负关键往往就取决于你的企划力。**

第三部　左右人生方向的道路

30 适应力

　　"**适**者生存,不适者淘汰"是大自然筛选强者的自然法则,借由淘汰他人来延续自己生存的时间, 借由不断适应新环境来强化自己的竞争力,虽然残忍,但却千古不变。

　　适应力就是这样一种先求生存、再求发展的能力。如果对变动的社会环境不具备超强的适应力,就算你武功再强,也会因水土不服而未战先亡。适应力越强,战斗持续力也越强,事实上,成功人士并不是一出生就拥有比别人更优越的条件, 很多都是靠后天发展出来,借着他们挑战自己的适应力,才使他们的潜能得到发挥。

　　"适者生存,不适者淘汰"是大自然筛选强者的自然法则,借由淘汰他人来延续自己生存的时间,借由不断适应新环境来强化自己的竞争力,虽然残忍,但却千古不变。

　　适应力是一种经验的学习与累积,同时能够根据环境的变化而改变,所以随时保持在一个自我改变的状态，能够在自我转型的过程中变化。这是为什么困难的磨练会让人成长的原因，它是一种有意识的转变，去增加自己所没有的能力。

众所周知，在所有的竞赛中，训练非常重要。然而，如果我们缺少了适应力这个武器，那么比赛前的训练也不会使我们有惊人的水准。事实上，训练必须加上一个元素，才能使训练达到效果，这个武器就是人类的适应力。

自古以来，人类就懂得怎样锻炼自己，使自己强壮，而其中一种方法就是让自己的身体去面对危机。所谓危机，就是他们力不能胜，无法举起和承担的外力挑战。当面对危机时，我们的身体就会作出适应和调节，所以当我们每次锻炼肌肉后，身体就会恢复和改善。当我们用这个方法去锻炼肌肉，或是锻炼技术和速度，只要按着适当的方法去做，潜能就会发挥出来，就好像古希腊人锻炼肌肉时，会先找一头小牛来练习举起它，这的确会使身体面对危机，因为实在是力不能胜，然而，他的身体亦会因此作出适应和调节。而当这头牛不断地长大，古希腊人要继续举起它的时候，他的肌肉亦会随之成长。

这就是适应力，也是一个人能否成功的分水岭。成功者就是知道如何活用适应力，并且用得其所，他们能够以最快速、有效的方法使自己借着适应力不断面对挑战，使自己无论在身体、技术和各方面都能达到极限。相反的，如果我们不懂得这样锻炼的话，就会成为一个失败者。

◎适应地形的蚂蚁

流川美加 12 岁刚去日本时，她对日本的饮食、环境完全无法适应，尤

其是生鱼片。当她第一次吃下去时的那种恶心感,至今都令她难忘。但是几年之后,每当我去日本找她时,她一定会带我去吃生鱼片,而且赞不绝口。

心理学家哈博特·赛蒙有次在沙滩观察蚂蚁时发现:为了适应地形,沙滩蚂蚁的巢穴相当复杂。经过研究和观察,他发现尽管是同一种蚂蚁,如果它的巢穴在干燥的地方,巢穴的结构就比较简单。这是为什么呢?

哈博特·赛蒙认为,这是因为蚂蚁对周围的环境有一种本能的反应力,为了在不同的环境中生存,蚂蚁必须发展不同的能力,就是这种适应力使得蚂蚁在恶劣的环境中得以生存。正如南加州大学领导学院创办人华伦·班尼斯在《奇葩与怪杰》一书中所说:**"适应力是每个人在面对生命的起伏不定与阴晴圆缺时,仍然能够活得精彩的能力。"**

适应力就是这样一种先求生存、再求发展的能力。如果对变动的社会环境不具备超强的适应力,就算你武功再强,也会因水土不服而未战先亡。适应力越强,战斗持续力也越强;事实上,**成功人士并不是一出生就拥有比别人更优越的条件,很多都是靠后天发展出来,借着他们挑战自己的适应力,才使他们的潜能得到发挥。**

◎优秀的员工都有适应力

很多企业在激烈的市场竞争中会遇到很多不可预测的障碍和阻力,因此,企业莫不希望自己的员工能够从容地适应环境,应对环境变迁所带来的心理冲击,而且还必须能够在这种不断变化的环境中保持旺盛的精力,高效率地完成工作。

　　朱玉红在采访某次人才招聘会后，跟我提起其中发生的一个故事。某家世界500强企业在选择北京办事处负责人时，通过一个很小的细节考验了应征者的环境适应力。当时，共有七名应征者，其中只有一位女生，姓苗。主考官故意把应征者的位置都安排在冷气孔下，而且将冷气开得很大。结果，六位男士都无法忍受长达两小时的面试，只有唯一的女士坚持到最后。当面试结束时，主考官说："由于公司刚在北京成立办事处，属于万事起头难的阶段，所以只有能够适应环境，敢于接受挑战，并且能够以愉快的心情去面对压力的人才会被我们录用，苗小姐，欢迎你加入本公司。"

　　大多数企业的人事经理认为，企业成员的环境适应力是非常重要的。一位IT企业的总裁就说："如果我们的员工无法适应急剧变化的环境，他怎么能适应公司的节奏。"众所周知，IT企业的工作节奏是非常快的，如果你适应不了，就注定会被淘汰。

　　所谓"适者生存"，能够快速适应环境是非常重要的。如果你想坦然地面对急剧变化的环境，就需要与现实环境保持良好的接触，以客观的态度面对现实，冷静地判断事实，理性地处理问题，随时调整，保持良好的适应状态。

◎培养适应力的方法

　　当然要培养适应力，也并非没有办法。

　　首先，就要能够运用创造力。这里的创造力，并不是只纯粹创造出新东西，而是要能够利用现有的东西加以整合，寻找出新应用，这也是创造

力的一种展现。管理学之父彼得·杜拉克就曾提过,麦当劳并没有发明新东西,但它思虑食物在顾客家庭生活中的其他价值,利用管理观念,设计新的标准流程,提高产品的价值,创造新市场,这便是创造力。

比如,现在很流行网络即时通讯,许多年轻人都利用这套软体来聊天。但对企业的意义,它可以强化组织的沟通,是一个很有用的工具。许多企业便懂得适应这个趋势,利用网络聊天室的概念与技术,创造出一个新平台,来分享企业成员的经验,突破部门限制,解决问题。

其次,学习容忍不确定性的存在,则是发展适应力的另一要件。不确定性是种几率的概念,也就是说事情可能发生,也可能不发生,正因如此而有风险的存在。例如:企业的投资决策可能成功,也可能失败,这就存在着决策风险。

另外一种不确定性,则来自于资讯或判断上的模糊性。大部分的人,习惯在黑白分明的二分法世界里生存,但这个世界其实是有许多灰色地带的存在。就像有个学术理论称为"FUZZY",它的概念就是一种模糊逻辑。比如说"天气很热"这句话,甲与乙对热的定义就有可能不同。所以语言表达与人的想法之间,就存在着一种模糊状态。

缺乏适应力的人不容易在不确定的状态中做决策或发挥创造力,因而就无法发展领导力。所以你要学习在不确定状态中,建立个人周延的分析与决策模式,才能逐步发展适应力。

产业环境的不确定性是种常态,对经营者来说,随着全球化的来临与科技快速变化,不确定性会越来越大,而且往往是领导者无法精确掌握的。就像前几年爆发的 SARS 危机,给企业带来的影响就是事前无法估计与控制的。

《哈佛商业评论》近期的一篇文章指出,对一个不确定的意外其实是可以预见的,问题是不知何时会发生。任何组织都要建立风险管理的机制,以便应对突发事件,这也是一个组织发展适应力的制度化做法。

科技产业因为竞争激烈、价值变化大,产品往往推陈出新的速率比较快,当然产品寿命也就随之缩短。为了应对市场的快速变化,必须要有较高的适应力,否则很快就会遭到市场淘汰,例如宏棋集团转型多次,从制造为主变为服务为主,就是顺应产业变化趋势,不断地适应环境所致。

所以企业的领导者必须要体察经营环境的变化,不仅是生产技术、资讯科技或市场需求的变化,同时应不断地加强组织的适应力,才能引领企业在不断转型中成长。而个人在这样一个适者生存的时代,更要拥有先求生存、再求发展的适应力,否则你将无法在这个变动的社会中生存。

第三部　左右人生方向的道路

31 沟通力

随着资历的累积，不同的人生阶段，会碰到不同的沟通问题。35 岁前你必须学会拥有好的沟通力，它并不是学问，也不是知识，而是一种习惯，只要练习就学得会。最简单的沟通就是将自己要表达的意思说清楚，也要能听清楚别人所要表达的意思，至于要如何提升自己的道行，就得靠不停地练习了。

这个世界上没有什么可以阻挡人与人的交流，21 世纪正是一个沟通的世纪，小到人与人之间的沟通，团队与团队之间的沟通，公司与公司之间的沟通，大到国与国之间的沟通。

沟通陪伴着我们的一生，从懂事起我们就要与人沟通，可以说沟通是我们的一项基本属性。通过和别人的沟通，我们能了解别人，并被别人了解。良好的沟通力可以让别人更好地认识我们，进而赢得别人的信任。

所谓沟通，就是将自己的想法、意见传达给别人，并让别人充分理解自己的想法与意见。随着资历的累积，不同的人生阶段，会碰到不同的沟通问题。35 岁前你必须学会拥有好的沟通力,它并不是学问,也不是知识,而是一种习惯,只要练习就学得会。**最简单的沟通就是将自己要表达的意思说清楚,也要能听清楚别人所要表达的意思,至于要如何提升自己的道行,就得靠不停地练习了。**

良好的沟通在年轻时很重要,30 岁左右正是创业的关键时刻,创业的基本要求中有一项就是沟通力。所以在 35 岁以前,培养自己拥有良好的沟通力,变成是非常重要的一件事。专家也说,在二三十岁时,最该学会的一项技能之一就是学会沟通。许多大学在大学生的素质培养方面,也将沟通力放在很重要的位置。可见沟通力对年轻人尤为重要。

优秀的沟通者永远能够吸引别人的注意力,能够明确表达自己的观点,能够在适当的时机把适当的资讯传达给别人,这就是影响力。一位优秀的员工,一定要有着良好的沟通力,不论在语言沟通还是书面报告中,总能清楚地表达出自己的想法和观点,既不会产生任何异议,也不存在模棱两可的地方。这种良好的沟通力确保他所在的团队拥有明确的行动目标,具备快捷的反应力和灵活性,从而保证了高绩效。因此,**有着优秀沟通力的员工,通常都会很容易地获得主管的青睐。**

在人们面前清楚地说明一个构想,并说服对方接受或赞成,便是拥有杰出的沟通力。这能力是做好工作的基础,更是提高自己绩效的保证,因此企业都十分注重员工的沟通力。例如,通用电气公司都会要求高阶经理人参加一堂称为"有效的表达能力"的课程,克莱斯勒公司也有类似课程,特别是提供给销售人员。如果公司有此方面的专门培训,对于在此方面有所欠缺的员工来说是最好不过了,如果没有,那也应该积极寻找机会进行此方面的学习和培训,使自己的沟通力得以提升。

◎沟通力 ≠ 人缘好 ≠ 人际关系力

值得注意的是，在评价自己的沟通力时，一定要从整体的角度来考虑。有的人可能不善于在大众面前演讲，却擅长与人谈话；有的人可能不善于写文章，却擅长分析评价别人的文章。这样的人只要加强不足的部分就可以。至于那些不论口头或书面沟通都不擅长的人，就得全面学习沟通，尽快让自己获得提升。

另外，很多人往往把沟通力等同于人缘好，等同于人际关系力，这是不对的。人际关系是指尊重他人，理解他人。人际关系力是指在与人沟通时，能有效地倾听，并把自己的意见说出来；意见不一致时，则能把不同意见综合，然后得到一个大家都比较满意的结果；能说服他人，同时说服自己；在一个小团队里面能够成为领导者，能跨越自己影响他人。所以它与沟通力是不同的。

人际关系力更强调人的品质和魅力，而沟通力则倾向于人的沟通技巧；衡量前者的标准是他的朋友有多少，而衡量后者则在于他能否清楚明确的表达自己的观点和意志。所以，有很多朋友、人际关系力强的人，沟通力不一定强，如果在此方面有所欠缺，也应该有针对性地进行加强和提高。

◎沟通四要素

那么，如何做到有效沟通呢？首先应了解沟通的四个要素。

必须知道说什么，就是要确定沟通的目的。如果目的不明确，就意味着你自己也不知道说什么，自然也不可能让别人明白，自然也就达不到沟通的目的。

必须知道什么时候说，就是要掌握好沟通的时间。在你欲沟通的对象正大汗淋漓地忙于工作时，你要求他与你商量下次聚会的事情，显然不合时宜。所以，要想很好地达到沟通效果，必须掌握好沟通的时间，把握好沟通的火候。

必须知道对谁说，就是要明确沟通的对象。虽然你说得很好，但你选错对象，自然也达不到沟通的目的。推销员如果搞错对象，跟未婚女子推销婴儿用品，那么就算口才再好，能力再强，也是会撞得满头包。

必须知道怎么说，就是要掌握沟通的技巧和方法。你知道应该向谁说、说什么，也知道该什么时候说，但你不知道怎么说，仍然难以达到沟通的效果。沟通是要用对方听得懂的语言——包括文字、语调及肢体语言，而你要学的就是通过对这些沟通语言的观察，来有效地使用它们进行沟通。

影星张曼玉曾在电影中扮演保险业务员，当她好不容易见到客户后，对方却扔给她一枚硬币，说是给她回家的路费。当时她很生气，但在她扭头要走的一瞬间，她看到客户办公室里挂了一张小孩的相片，于是她对相片深鞠一躬说，"对不起，我帮不了你。"客户大为惊讶，忙问究竟，原来他非常疼爱儿子，所以才把儿子的相片挂在办公室，张曼玉便以此为契机，开始述说儿童保险的重要，于是一笔生意就这样谈成了。

这个故事说明了沟通的切入点很重要。有效沟通便需要我们搜集到足够多的资讯，找对对方关心的事情，消除其抗拒心理，从而调动对方参

与的积极性,增加成功沟通的几率。

◎沟通的艺术

沟通也是一门艺术。**有效的沟通方法无所谓采取什么方式,重要的是让对方明确自己的目的,明白自己想说的话即可。**我们可以随便说说,随便写写画画,可以用肢体语言,只要抓住主要的表达内容,用最适合的方式,没有歧义的让你的听众明白就好。

沟通在职场上尤其重要,它就像是一个行销过程,一个上班族空有一身武艺,却无法通过适合的包装来呈现,那么你的努力很可能就会被埋没。要让你的专业能力被了解,让你的工作绩效被看见,这正是沟通力在现代职场上的积极意义。

我常常对公司的编辑说,文字编辑要懂得如何把对书的想法、意见,明白地说给美编听。因为最了解书籍内容的就是文编,只有文编才能了解书籍的风格,如果没有好好地和美编沟通,美编设计出来的封面、版型,可能就会偏离主题,不仅无法替书加分,甚至还会扣分。

我们要表达的东西往往是心里的第一印象,是没经过加工的,这就造成了一个人沉浸在自己所理解的环境里滔滔不绝,而他的听众则有点摸不着头脑。因为听众是脱离这个环境的,他们作为一个旁观者,对于事件往往不是很了解,所以更需要你的阐述来说服他,影响他,使他理解,使他认同。在我们说话,做事的时候一定要注意,要用最短的时间让别人明白你的意思。脱离繁冗的修饰,找到最恰当的精髓,一针见血地刺中要害。

仔细留意我们周围,你会发现:有的人很啰嗦,东拉西扯,讲话完全没有重点；有的人习惯来几句不痛不痒的泛泛之谈，并且经常产生歧义，只好不得不再做出解释来消除歧义；有的人认为听众已经理解他的意思，就按照自己的思维讲下去，其实别人还雾里看花，完全搞不清他在讲什么；还有的人说话缺乏条理，思维混乱，这些都是不好的沟通方式。造成这种情况的原因很多，有的人是积习难改，有的人是的确缺乏沟通力，做不到充分地表达自己。不管什么原因，这类沟通只会招人反感和厌倦，进而影响到人际关系的和谐，或者工作职位的升迁。

沟通除了用语言、眼神、表情、身体运动、姿势外，距离也是重要的沟通手段。我们说话的时候往往不自觉地在做出相应的动作，而这些动作是用来强化我们所要表达的讯息。比如，耸耸肩，摊摊手代表不知道；撇撇嘴，表示轻蔑或讨厌；蹙额锁眉表示思考，微笑颔首表示赞同。**有效的沟通绝对离不开这些"肢体语言"**。

努力做一个好的沟通者，努力去表达和倾听，只要你想，你就能化解人与人之间的误会，就能避开无日不有的办公室冲突，就能让你的专业能力被他人了解，而这一切就得靠你所拥有的沟通力，它将会是你生活愉快、职场升迁的关键。

第三部　左右人生方向的道路

32 理财力

如果我有机会对着神灯许下三个愿望,我一定会把"理财力"放在第一位,尤其是在这个富者越富、贫者越贫的年代。

老一辈人说富不过三代,但现在穷可能要连穷十代,其实不管是富三代或穷十代,想要扭转命运,唯有通过"理财",这年头,你不理财,财是绝对不会理你。

为什么有人能在一生中累积巨大的财富,而你却只是一个平凡的工薪阶层,还在为房贷苦苦挣扎。

你现在是否还秉持着"理财只是富人的事,与普通人无关"的想法吗?

如果我有机会对着神灯许下三个愿望,我一定会把"理财力"放在第一位,尤其是在这个富者越富、贫者越贫的年代。

身处 21 世纪的今天,因为消费习惯改变、经济不景气、就业环境骤变引发的失业潮或城乡差距的原因,社会上出现了一批新贫族、月光族。不仅身处社会中下层的民众,想靠个人努力改变命运的难度提高;连穷人子弟都因为交不起高昂的学杂费而无法通过教育自我提升,进入更高的社会层次,也因此无法通过高度就业进入正常累积财富的方程式。而有能力的富人,却可以砸下大笔资金培育下一代的各种能力。

两极分化之下,使得下一代的各项能力资产差异愈来愈大,而且一代不如一代,致富的希望与能力也愈差愈远,穷人变富有的可能性愈来愈小,阶级流动僵化,社会结构便如同哑铃般,两端富人圈与穷人圈各自分立,交集愈来愈小。

老一辈人说富不过三代,但现在穷可能要连穷十代,其实不管是富三代或穷十代,**想要扭转命运,唯有通过"理财",这年头,你不理财,财是绝对不会理你的。**所以,如果你不想让你的代代子孙都是穷人,那么现在就得开始拥有理财力。

◎现在正是贫富逆转的最佳时机

根据万宝投顾总经理蔡明彰的观察,每个人一生当中大约有三至四次财富大逆转机会,如果正确掌握的话,白手起家的人可快速累积财富,平凡人也能晋身富豪行列。可是保证绝大多数的人,生平第一次的机会一定错过,不是能力不够、没有准备好,就是视野不足,不知财神爷已经在敲门。再来第二次、第三次机会,若没有反省获得经验,恐怕跌倒的姿势与位置又会相同。几次下来,信心被击垮,毫无斗志,于是人生庸庸碌碌,只能图个平淡。

快快觉悟吧,即使你现在还称不上富有,也要开始学习拥有理财力。

理财必须尽早开始,年轻时就投资,才有足够的岁月,让复利发挥出效果。 影响未来财富最大的因素是资产报酬率的高低与投资时间的长短,而你现在有多少本钱对未来财富多寡的影响较小。那种等赚了大钱再去理财的想法是极端错误的。

其实,投资理财并没有像大家想象中的那么困难,非得要学习很多的专业知识和做非常多的功课才行。不过,在理财之前,我还是建议你要先认清楚自己是一个什么样的投资人?是喜欢冒险套利?还是稳健保守?再来,你一定要积极地打开心胸,不要被过去的经验与偏见阻碍了思考。只要你开始关心周遭事物的变化,慢慢就能掌握时代与产业的脉动。

财富管理专家曾志尧曾指出,**财富累积的三大关键要素分别是:投资本金、时间与报酬率。** 举个浅显易懂的例子:如果你可以每个月投资 15,000 元,报酬率只要维持 6%,经过 25 年的复利效应之后,本利和即可超过 1000 万元。

他同时也提出一个人生无忧的魔术数字:"30、100、100",也就是你只要先储蓄 30 万元并养成储蓄的习惯之后,35 岁准备好第一个 100 万,每年以 8% 的复利报酬率来累积财富;在 40 岁的时候再准备第二个 100 万,仍然以 8% 的复利报酬率来累积财富,任何人只要准备好两个 100 万,就可以在离开工作职场之后轻松享受富裕的退休生活。

◎你该如何理财?

那么,现在你就可以把所有的积蓄都拿出来投资吗?如果真的这样做的话,你就大错特错了。

所谓的理财,不单指实质上的财务管理,而是更广义地希望提升每个人的专业能力。即便现在已经无多余现金可以做投资,甚至在负债状况之下,也能在职场上提升个人竞争力,增加附加价值,降低自我在职场上的可替代性,相对提高筹码进而加薪。

在空闲的时候,你也可以关注自己很感兴趣但目前没有能力涉及的金融投资工具,先掌握投资理财的技巧,让自己在累积了一定程度的资本之后,可以不盲目、不冲动地将核心资产向自己偏好的金融工具上转移,以早日脱离必须靠薪水收入来应付支出的不自由生活。

不过,你要牢记:"没有丑女人,只有懒女人"。很多女生买了一大堆保养品,却发现自己脸上的细纹和斑点还是那么碍眼,原因就在于她们勤奋积极的态度在保养品到手之后就停止了,没有持之以恒地使用,更容易喜新厌旧,自然达不到应有的效果。理财也很容易犯这样的毛病,说是要理财,要规划,要设定投资标的,可是一旦购买某只股票、基金,就摆在那里不管了。要知道,**理财是"马拉松"而非"百米短跑",比的是耐力而不是爆发力,一时的偷懒也许会造成未来的血本无归。**

然后,我们要设定明确合理的理财目标。有目标,才有动力。你的理财目标是什么?一栋房子、一辆车子,还是 100 万呢?不要觉得 100 万要赚很久,虽然第一桶金总是很难挖,但这第一个 100 万,将是你通往未来财富的基石。你的目标还可以是为小孩准备教育基金,或是在 50 岁以前准备好退休基金。总之,任何目标都可以,但必须要定个明确目标,然后全力去完成。

我们还要努力把投资变成陪伴自己一生的习惯,成为每个月的"功课"。不论投资金额多少,只要做到每月固定投资,就足以使你的财富超越

大多数人。

再来,**我们要根据自己的现实状况来理财。**

假如,你是一个刚工作没几年的年轻人,平时工作较忙,用于投资的积蓄有限,那你的理财应该以定期定额赚取投资经验为主,不能将必要的生活费拿来投资。用 5 万、10 万来投资虽然金额不大,但对于工作没几年的年轻人来说,几乎已是全部的积蓄。投资最忌讳的就是把应急的资金也一起投入,收益总是伴随着风险,一旦风险产生,就会令人焦头烂额。这也是为什么前面我要说把所有积蓄都拿来投资是大错特错的原因。你可以通过比较,选择定期定额投资基金,或者购买适合自己的保险,这样就能够通过资产分摊,有效地降低风险。

如果你已经是 30 多岁的人,拥有稳定的工作,不错的收入,对你来说,由于手中有了一定的资金累积,但是孩子的教育、家庭的开销等日常花费比较庞大,照顾家庭的时间也比较多,那么进行长期投资会更适合一点。

◎理财的根本是节流

当然理财力中,前面提到的只是"开源",其实"节流"也很重要。

现在的社会,有很多新贫族、月光族就是没有做好"节流"的工作。如果你是其中的一员,想要就此摆脱贫穷,那么就更需要理财力中的"节流"。

首先,你要养成记账的习惯,控制现金流出。你的工作收入很可能随着公司的景气程度及工作情况而变化，所以你应该定期检查自己的收支情况，编列月、季、年度预算，据此决定收入分配在各项支出的比例并适时调整。同时还要养成记账的习惯，知道自己把钱都花在哪里，这样才能知道哪些是不应该花的，才能有计划的消费、避免冲动性消费、杜绝过度消费、克制购物欲望。要知道，有时候靠着节约而使债务不断减少、财富不断累积也是一种成就感。

其次，应该储备应急准备金。一般来说，个人或者家庭手头上应该准备至少可以应付 3 个月生活开支的现金或者活期存款，这样才能在有突发状况的时候不至于求救无门。如果你能够预计未来短、中期的大额支出，也应该做出相应计划，准备一定的风险准备金。

再次，要购买足够的保险。家庭的财务重担，一般都靠家庭的一个或几个主要成员负担，假如主要收入者发生意外或患上疾病，除了给家庭成员带来生理和心理的严重打击外，家庭财务还有可能因此而出现崩溃。因此，如果你恰巧是掌管家中财务的人，一定要和家人商量后，给主要收入者购买足够的意外和医疗保险，以确保家庭财务的安全。

最后，要学会压缩和优化债务。向银行贷款，分期购买房子、车子等大宗消费品，提前消费提前享受，这原本无可厚非，但关键是要对个人或家庭的财产状况和预期收入有清楚的认识。不要把负债建立在想当然的乐观预期上，尽量不要超额负债，否则仅仅是银行升息就有可能造成你的财务危机。当你没有办法按时缴偿时，可能辛苦贷款供好几年的房子就会被银行收走，让全家陷入没有住所的危机。

那该如何优化债务呢？以房贷和车贷为例，房贷的利率一般都高于车贷，虽然从支付的金额上来说，车贷一般少于房贷，但牌照税、保险费等诸多费用一个也不能少。如果从优化负债结构出发，可以尽量减少车贷而增加房贷的比重。又比如房贷中用首次购屋贷款或者优惠利率贷款都会比使用单一的银行贷款划算。

　　总之，想要拥有理财力就千万不能忘记两个最重要的推进引擎：“储蓄能力”与“个人竞争力”。**小富由俭，就是要你看紧荷包积极储蓄；大富靠理财，首先要打开拉高自己的眼界，对周遭事物能有深入的观察与分析。**当然啦，如果你希望从现在开始好好地学习如何拥有理财力，但不知道该从何做起，我建议你可以去看看 35×33 的系列作《35 岁前要上的 33 堂理财课》，相信你一定会有非常丰富的收获。

第三部　左右人生方向的道路

3 逆境对抗力

人难免会碰到逆境挫折,其实每个逆境,也都含着等值或更有价值的种子。只要懂得运用智慧技巧来转化逆境,才能提升自我生命力。35 岁前你必须让自己拥有对抗逆境的能力,因为只有那些面对逆境还能不断自我启发而成长的人,才会品尝到最甘美的胜利果实。

人类身上有几种力量,若非遭遇巨大的打击和刺激,是永远不会显露出来,也永远不会爆发的。这种神秘的力量深藏在人体的最深层,非一般的刺激所能激发,但是每当人们遇到巨大的困难、受了压制、讥讽、凌辱、欺侮以后,便会产生一种新的力量来发挥出自己的强项,做以前所不能做的事。这种力量便是逆境对抗力。

逆境能够使人坚强,也会使人脆弱。从来没有人能在经历磨难后而毫无改变;只是有些人能超越它并站立起来,而有些人则会被逆境击垮。因此"如何渡过人生中的坎坷"就成了每个人幸福与否的关键。

◎日本企业家的特质

流川美加跟我谈过日本成功企业家的特质,他们所获得的每个成功,都是与艰难苦斗的结果,都是发挥了自己的强项,所以,他们对于那些不费力而得来的成功,反倒觉得有些靠不住。他们觉得,**克服障碍以及种种缺陷,从奋斗中获取成功,才可以给人喜悦。**日本企业家喜欢做艰难的事情,因为艰难可以试炼他们的力量,考验他的才能。他们不喜欢容易的事情,因为不费力的事情,不能振奋他们的精神、发挥他们的才能。

处在绝望境地的奋斗,最能启发人潜伏着的内在力量。没有这种奋斗,便永不会发现真正的力量和强项。如果林肯生长在庄园里,进过大学,也许就永远不会做美国总统,也永远不会成为历史上的伟人。因为如果一个人处在安逸舒适的生活中,便不需要自己付出太多的努力,也不需自己的奋斗。林肯之所以伟大,是因为他不断地与逆境战斗着,在当今世上,不知道有多少人把自己所取得的成就归功于障碍与缺陷。如果没有那障碍与缺陷的刺激,他们也许只会发掘出他们 25% 的才能,但一遇到针刺般的刺激,他们便会把其他 75% 的才也开发出来了。

我们身边就有无数这样的例子。有些人由于自身某方面存在缺憾,受尽周遭人们的嘲笑,因此他们往往拥有比普通人更达观的心态,更坚韧的承受力,更强烈的想要成功的愿望,因此常常会造就一番丰功伟绩。

有个年轻人,原来家境非常贫寒,因此在他四年的大学生活中,常被那些家境富裕的同学开玩笑,他们不是取笑他衣衫褴褛,便是讥笑他穷相毕露。受着同学们这样的讥笑,他竟然不为讥讽所自卑,立志要做世上的伟人。后来,这个青年果然获得惊人的成功。他说,自己在学生时所受的种种讥笑反成了最好的激励。

但是特殊缺陷与困难的刺激,并不是人人都有的,所以世界上真正能发现"自己",把自己最强项发挥的人并不多见。我们可以说,**一个人如果没有身陷逆境,甚至濒临绝境的体验,也就永远无法知道自己身体里面究竟蕴藏着多么巨大的能量,甚至是彻底改变自己一生的能量。**

只有当巨大的压力、非常的变故和重大责任压在一个人身上时,隐伏在他生命最深处的潜能,才会突然涌现出来,于是这个人就能够做出种种大事。史学家司马迁在《报任安书》中有一段非常著名的描写:"古者富贵而名磨灭,不可胜记,惟倜傥非常之人称焉。盖文王拘而演《周易》;仲尼厄而作《春秋》;屈原放逐,乃赋《离骚》;左丘失明,厥有《国语》……《诗》三百篇,大抵圣贤发愤之所为作也。"正是这些艰难的情形、失望的境地和贫穷的状况,唤醒他们身上潜藏的对抗逆境的强大力量,使他们在战胜逆境的同时,成就了自我。

此外,是否有过逆境体验也影响到人的性格。如果一个人长时间安逸度日,就会很容易养成独善其身、自私、狭隘、追求平庸、惧怕变化的性格特点。而一旦成为这种人,面对逆境时只会更加束手无策,届时他们只会有两种反应:一是不知道自己到底能做什么,只会羡慕别人的成功;二是知道自己该做什么,但就是做不好。实际上,这两种人共同存在一个问题,即不知道自己的强项是什么?或者说,不知道通过自己的强项去获取成功的方法。因此,到时逆境会像恶魔一样缠绕在他们身边,让他们感到前所未有的恐慌。

朱玉红曾跟我说过,洞庭湖每临冬季就会干涸,大部分的鱼虾都被渔夫打捞走。可是在湖里有一种叫泥鳅的,却有它的独特的求生之道。每遇

冬天,泥鳅就将全身滚进湿泥里,然后口衔泥水,静止不动。

渔夫乍见,总把泥鳅误以为是泥巴,让它幸运逃过一劫,等到来年春暖水来,泥鳅就洗尽身上的泥巴,快乐地游入水底。像这么微小的泥鳅,都知道要顺应环境求生存,身为万物之灵的我们,又怎能受挫于逆境,而一蹶不振呢!

◎成功的人直接面对逆境

对逆境一味恐慌而无所作为,是没有用的。对于那些成功者而言,所有的逆境都不是恐怖地带,他们会直接面对逆境,并运用自己的强项去征服逆境。那么面对逆境,他们会怎么做呢?下面就是这类人在行为上的共同特征:

1.果敢的面对逆境。逃避的心情并非不可理解,但一味的逃避,不仅难以解决问题,反而会使问题扩大。因此,我们必须勇敢地面对它,正视问题,并加以分析,这样往往会发现事情并没有想象中的那么可怕、复杂。同时不妨告诉自己:"来吧!没有过不去的事!"

2.勇于求助。有些人认为自己遇到困扰是相当难堪的事,因而不想让别人知道,还一本正经地告诉自己:"自己的事必须自己去解决。"事实上,这是一个错误的想法,有些事情并非一个人单独就能解决的,还是必须求助他人,并且要相信,不管任何困难,一定会有足以帮你解决的人。一般问题可以请朋友为你提供意见;若是较专业的问题则可求助于律师、医生等专业人员。生活中的一般困难,相信朋友之中,一定会有愿意倾听你诉说烦恼的。有时候,只要有人能倾听你说话,就能对你有所裨益。

3.立即采取行动。唯有行动才可以恢复信心,进而产生新的勇气。当然也只有行动才能消除心中的不安,但我们一个体悟,行动的结果可是徒劳无功,但总比不做好;同时,有一点需特别注意,就是采取行动必须在问题尚未扩大之前,否则会挽回得很辛苦。我们还要告诉自己仍有希望,不会一直处于黑夜中,黎明很快就会到来。

4.不沉浸在烦恼之中。有些人在面临困境时,对于自己苦恼的情绪从未加以注意,就像是非常赞成自己痛苦似的;并常常以此为借口,当作是失败的理由,这是极为可笑的。逆境会向你走来,但也会因你的努力而离去。

逆境是必然的。理想的美好是可以随心所欲,而现实的困难却是时时存在的。为了实现理想,你不仅要克服衣食住行上的困难,还要突破思想上的束缚,越是追求更高境界的理想,就越是需要超越更高层次的逆境,而每次超越都意味着更高一层的自由。

◎逆境是人生最好的教育

我们公司的作者樱木川曾经告诉我,他的作品很多都是当他身处逆境时创作出来的。那段时间,由于得不到主管赏识,事业处于前所未有的低落期,为了改变自己任人摆布的命运,他将自己所有的空余时间投入写作,他那深刻的忧虑、富有哲理的思辨,令他的作品得到意外的成功。这让他不禁感慨,如果当初没有受到不公平的待遇,可能他一辈子都只能当个小职员,而难以成为出色的作家,这正是逆境铸造了他,让他的人生得到了升华。

　　巴尔扎克曾说:"逆境对于天才是一块垫脚石, 对于能干的人是一笔财富,而对于弱者则是一个万丈深渊。"卡耐基也说:"逆境是人生最好的教育。"古今中外大量事实说明,**只有经历逆境中的磨难,伟大的人格才能铸就,智慧与潜力才会得到更有效的激发,灵魂才会得到升华**。从这个意义上来说,逆境不可怕,可怕的是你对逆境采用了不正确的人生态度。

　　人难免会碰到逆境挫折,其实每个逆境,也都含着等值或更有价值的种子。只要懂得运用智慧技巧来转化逆境,便能提升自我生命力。35 岁前你必须让自己拥有对抗逆境的能力, 因为只有那些**面对逆境还能不断自我启发而成长的人,才会品尝到最甘美的胜利果实**。

　　庸才制造逆境,人才扭转逆境。逆境的出现和消失,经常都是人为的。一个人,不可能永远顺风顺水,那些取得成功的人大多是一些意志坚强,不轻易向命运妥协的人。他们深信,上帝在关上一扇门的同时,总会打开另一扇窗。既然这样,我们何不敞开自己,热烈地欢迎逆境的光临呢!